[百花谭文丛]

陈子善·主编

情迷现代主义

李欧梵 / 著

天津出版传媒集团

百花文艺出版社

图书在版编目(CIP)数据

情迷现代主义 / 李欧梵著. -- 天津：百花文艺出
版社，2014.8
（百花谭文丛）
ISBN 978-7-5306-6457-5

Ⅰ．①情… Ⅱ．①李… Ⅲ．①散文集-中国-当代
Ⅳ．①I267

中国版本图书馆CIP数据核字（2014）第153703号

责任编辑:徐福伟
装帧设计:郭亚红　　**责任校对:**曾玺静

出版人:李华敏
出版发行:百花文艺出版社
地址:天津市和平区西康路35号　　**邮编:**300051
电话传真:+86-22-23332651（发行部）
　　　　　　+86-22-23332656（总编室）
　　　　　　+86-22-23332478（邮购部）
主页:http://www.bhpubl.com.cn
印刷:天津市银博印刷技术发展有限公司
开本:787×1092毫米　　1/32
字数:108千字
印张:8.5
版次:2014年8月第1版
印次:2014年8月第1次印刷
定价:29.00元

目　录

辑 二

小序

　　这本杂文集,是老友林道群催生出来的。他为我收集了近几年在香港各报刊的文章——主要是《苹果日报》董桥主编的"苹果树下",此外尚有《明报》、《明报月刊》、《信报月刊》等其他刊物。生活在这个日益繁忙的香港社会,我常常有鲁迅当年的感叹:除了写杂文,还有什么可写?当然,鲁迅的感叹是来自当年的政治环境,和当今的文化语境和心情都不同。当今香港的社会,速度和空间的压力,令人——特别是像我这样上年纪的人——喘不过气来,我只能尽可能蜗居书斋,把心灵寄托于读书和听音乐,尽可能与世隔绝,即使每天一两个钟头,也聊胜于无。这些杂文,都是在这种环境和心情下挤出来的。然而逼出来的也只能是篇幅不长、内容不丰、观察也不够深入的杂文而已。我毕竟尽了自己的一份心力。

为什么我还要写作,而且还在大学教书? 如今早已过了该退休的年龄了,为什么不放下一切杂务,过闲情逸致的生活? 我再三反思,得到的答案是:活到老学到老,我的知识和精神的求索还无法停止,否则就变成一个废人了,对社会无益。其实,对我等书虫而言,读好书何尝不是一种无与伦比的乐趣? 何况我读的大多是文学书,另外我还有两样嗜好——古典音乐和老电影,我对之也痴迷不悟,竟然也因此而交到不少新朋友,我写这一类的杂文,就是为了和他们共用。心中有了想象的读者,写作的灵感和冲动也就源源不绝。和我以前出版的杂文集一样,这本书也是献给这群我想象中的知音。诚然,我最忠心的读者是我的老婆:不管我写什么,她都看,也鼓励我写。

此集定名为《情迷现代主义》,典出一篇评论伍迪·艾伦的影片 *Midnight in Paris*——香港的译名是《情迷午夜巴黎》。文章在《明报》世纪版刊出时,编者就以此为名,倒是一语中的,看透了我的"现代主义情结"。在这个"后现代"的时代还执着"现代主义",非但过时,而且"政治不正确",然而我仍然执迷不悟,甚至在课堂上也大讲现代主义。既然本书以此为名(又是林道群的主意),我觉得应该在此做个非学术性的解释。就从这部《情迷午夜巴黎》说起。

为什么我如此"情迷"这部电影？最主要的原因是(如文中所言)它带着我重温旧梦,回到在台湾大学外文系读书的年代:在那个半世纪前的台湾农业社会,"白色恐怖"的政治压力下,我第一次读海明威的小说:《老人与海》、《太阳照常升起》、《丧钟为谁而鸣》……后来又读到菲茨杰拉德的《了不起的盖茨比》(此书的最新改编影片正在上演)和短篇小说。难道我看了伍迪·艾伦影片中午夜出现在巴黎的现代文学名人(或鬼),不会心有戚戚焉吗？电影可以玩魔术,片中的主角可以轻易穿越时空进入上世纪二十年代,受菲茨杰拉德之邀请,参加他们的宴会;而我呢,当然巴不得时光倒流,也回到自己初遇西方现代主义的六十年代,然而这段似水年华的岁月,已经永不复返了。和妻子看完这部电影走出戏院,不觉也向她吹起牛来,她带笑向我浇了一盆冷水:"你那班《现代文学》的朋友,他们的作品我当年都喜欢,就是没有看过你的作品。"不错,我无此才华,所以半个世纪以后,我回归文学,迫不及待地讲述现代主义。"如果当年我不做外交官的梦而从事写作的话,如今又会如何？"我反问自己,立时一个幻想的电影场面涌上心头:自己也随着那个美国游客作家参加菲茨杰拉德的酒会,遇见他的女友Zelda,打了招呼,又在酒吧碰见海明威，老海叫了一杯红酒给我，拍一下我的肩膀道："Hi, stranger, what kind of shitty prose are you writing?"我要怎么回答？难道把这本杂文集给他看？"里面还提到你呢，Daddy Hemingway！"

不错，现代主义文学早已进入我的灵魂和骨头了，不可救药，令我对之锲而不舍，非但在杂文中写，而且在课堂上教，不停地重寻它的历史踪迹。记得数年前母校台大请我客座，讲一个学期的课，我定的题目就是《现代主义》，和一班年轻学生重读已成为台湾文学经典的《现代文学》杂志，讨论海明威和福克纳、卡夫卡，兼及白先勇和王文兴的小说。学生问我的作品何在？我不无腼腆地透露第二期我用笔名翻译的一篇托马斯·曼的小说，还翻译了一篇论文，只此而已，不胜惭愧之至。

然而，《情迷午夜巴黎》中出现的几位欧洲和美国现代主义的大师——除了海明威和菲茨杰拉德外，还有Gertrude Stein、画家Dali、电影导演Bunuel等人，现今还有多少读者看过或愿意花时间看？我在课堂上教，费尽九牛二虎之力，学生的反应也不见得热烈。也许现代主义的时代早已过去了。伍迪·艾伦和我是少数的幸存者。

现代主义不仅是我的文学灵魂核心，而且也是我的文学批评和文化批评的出发点和坐标。我心目中的现代主义和后现代理论所批评的现代主义大异其趣，我不赞成这套理论强加给现代主义的标签，说它是精英主义，它提倡的艺术独创有独裁倾向，不够民主多元，又说它为艺术而艺术，脱离生活……这些都是带有偏见的看法。其实后现代理论所描述的当今世界，已经没有独创性可言；它反精英的背后所暗示的恰是全球资本主义影响下随波逐流的通俗文化，玩弄戏耍是后现代的主要法宝，这种流行文化，发展到了极致，完全以市场为依归，艺术家都为它服务。我并不排斥通俗文化，甚至在其中发现各式各样的独创风格，只不过连这种风格现在也被过度商业化的潮流洗刷殆尽。然而这个趋势，已经不可阻挡，我们只能从夹缝里找寻生存的空间和重新开创的潜力。我心目中的现代主义精神永远是叛逆的、独创的、绝不随波逐流。也因此我的看法在某些时髦人士的眼光中，有点"堂·吉诃德"，过了时而不自觉，徒向自己理想的风车而作战，所以注定失败。即便如此，我也不肯甘休。

有鉴于此，我故意把现代主义和不同程度的人文主义挂钩，以人的艺术独创性为出发点，而不是机器或市场经济。如何在市场挂帅的全球化环境中培养人文精神和鼓励创新,是我多年来关心的一个大问题,本书中多篇文化批评杂文,都纠葛在这个问题上,特别是建筑和都市规划。我一向关心都市文化,以前的书本杂文集也以此为主题;然而最近我却从都市文化的反思转向日常生活中人文精神和人文文本的探求,最近出版的两三本书,如《人文文本》、《人文今朝》和《人文六讲》,就是明显的例子,似乎有点抢救人文精神的意思。甚至在乐评或影评中也流露了这种意向。然而我也感到时不我与,这个时代毕竟变了,我能说的也只有这些东西,虽然我还没有说完,也没有说得清楚。所以今后还会再写。

人老了,时常怀念故人,也更珍惜朋友,书中有几篇关于人物的杂文和回忆往事的文章,皆是出自内心的有感而作,格调和语气都和其他的文化批评文章不太相合;另有不少音乐文章,全是"乐迷"瘾发作后游戏文章,不可以专业水准鉴定。一并收集于此,聊娱各乐迷发烧友。至于这些杂文是否还有多少价值和可读性,只有留待读者公论了。

本书献给子玉——我生活中情迷的偶像。

2013 年 6 月 7 日写于高雄旅次

辑 一

晚期托尔斯泰

《托尔斯泰抑或陀思妥耶夫斯基？》(*Tolstoy or Dostoevsky?*)是著名的文学评论家乔治·史丹纳(George Steiner)所写的一本书名,我多年前看过,内容已经忘得一干二净,只依稀记得他的结论是:各有千秋。当代世界各大作家之中,也各有托翁和陀翁的粉丝,但妙的是更有反陀翁者——昆德拉(Milan Kundera)即是其一,但他崇拜的卡夫卡却是陀翁的忠实读者,名作曲家马勒亦是如此。拥托翁的在中国更大有人在,鲁迅的友人许寿裳曾赠给他八字对联:"托尼学说,魏晋文章",可见早期的鲁迅也是师崇托翁的,但却译了陀翁的早期小说《穷人》。茅盾当年也是独尊托翁的,似乎在他的西洋文学论集中没有太多关于陀翁的文字。两人的中文译文中,最新出版的是草婴译自俄文的《战争与和平》。

以赛亚·柏林(Isaiah Berlin)爵士的那本小书《刺猬与狐狸》,被我屡次引用,原书却是讨论托尔斯泰的史观的。柏林爵士生前特别钟情俄国文学,甚至迷倒在前苏联女诗人阿赫玛托娃的石榴裙下,在他的《俄国思想家》一书中畅谈十九世纪俄国思想史,但似乎对陀思妥耶夫斯基小说中所展现的思想不屑一顾。俄裔小说家纳布可夫(Vladimir Nabokov)在他的《俄国文学讲稿》中说:"托尔斯泰是最伟大的俄国散文小说家",他的尺度是散文(prose)技巧,而非思想内涵,所以他列出来的前四名俄国伟大作家的排行榜是:托尔斯泰、果戈理、契诃夫和屠格涅夫,陀翁被排在榜外。他还不忘揶揄一番:"这犹如给学生打分数,显然陀思妥耶夫斯基和素提可夫(Saltykov)正等在我的办公室门外,要和我讨论他们的低分数。"纳布可夫又说了一句:"当你读屠格涅夫的时候,你知道你在读屠格涅夫;当你读托尔斯泰的时候,你读它因为你停不下来",真是一语中的!我去年重读《战争与和平》的英译本,废寝忘食,停不下来,读《安娜·卡列尼娜》时更是如此。然而,我介绍这两本小说给朋友看,朋友却读不下去。想来香港的大部分读者皆如此。我个人在早年旅美求学时就迷上了陀思妥耶夫斯基,特别是他的《卡拉马佐夫兄弟》,并曾为文列为我自己心路历程中最重要的三本书之一，也因为这个原因才选修十九世纪俄国思想史，不料在博士口试时，那位教授却问我一个有关托尔斯泰的小问题："在《战争与和平》小说中皮埃有没有参加 Free Masons 的组织？"我一时不知所措，答不出来。重读这本小说时还是没有注意到这个细节。答案当然是参加了。也许，我这后半生的"心路历程"中也应该把《战争与和平》和《安娜·卡列尼娜》列进去，那么自己的兴趣是否已从陀翁转向托翁？去年是托翁逝世一百周年纪念，我从电影改编文学的角度，写了八篇文章。今年是陀翁出生一百九十周年、逝世一百三十周年纪念，我是否该重读他的《卡拉马佐夫兄弟》？还有《白痴》(*The Idiot*)和《群魔》(*The Demons*)？托翁或陀翁？鱼与熊掌，如何定夺？看来我已经没有挑剔的资格，应该兼容并取，照单全收。我的重读陀翁计划嚷了数年，至今尚未开始，只好再谈谈托翁的社会影响。

如果用纳布可夫的文学尺度来衡量，非但陀翁的小说是二流作品，而且托翁除了小说以外的其他散文作品更不值一读。然而托翁自己却在后半生写了大量的非小说作品，包括各种有关文学、宗教、教育和社会改革的文章——那篇长文《艺术论》(*What is Art?*)更被后人(如萨特)视为经典。他的书信更可观,收入全集的就有八千多封。比起托翁来,鲁迅犹如小巫见大巫,但两人也有不少共通点:两人都是"国宝",被全国奉为神明,作品被引入中学教科书,但实际上两人的小说创作并不算多,鲁迅从来没有写过一本长篇小说;托尔斯泰虽写了三本长篇和数本中篇和短篇,但他的散文更多,和鲁迅的杂文一样。这些散文可以说是托翁后半生"看破红尘"后的呕心沥血之作(最近有一本英文选集:*Last Steps:The Late Writings of Leo Tolstoy*,Jay Parini 编)。他自愧生为俄国贵族,享尽荣华富贵,但俄国的农民却不识字、生活在经济底线之下,即使十九世纪六十年代沙皇已经正式解放农奴,但农民的生活并未改善,批评家别林斯基认为比美国黑奴的命运更差。除此之外,托翁深觉俄国的官方宗教(东正教)害人不浅,教义保守之至,组织森严,以宗教为名压迫人民,这种愚民政策非改革不可,所以他必须从基督教义中发展出他自己的宗教,简言之就是兼爱,应该彻底消灭阶级,人人在上帝面前生而平等。他自己更身体力行,把全部财产捐出来,稿费也从公,所以在晚年积极从事农民教育,写了不少入门教材,更以他的名声到处为人抱不平,最后终于迁怒了沙皇和俄国教廷,把他逐出教外。然而他的声誉却因此蒸蒸日上,在广大的俄国群众心目中,地位比沙皇更高。到他死前早已被奉为圣人。他那幅白胡逾尺,穿着平民装的形象照片,更是人人皆知。我以前学俄国思想史时,觉得托翁的这些非文学作品十分浅薄,没有陀翁的思想深厚,所以不值一读,然而现在看来,托翁的看法更合时宜。最近读了一本新出版的传记 Tolstoy: A Russian Life(《托尔斯泰:一个俄国人的一生》,2010),著者是曾为契诃夫写过传记的柏特莱(Rosamund Bartlett),这才发现托翁晚年的影响不可低估,他在生前已有不少信徒,形成了一个"托尔斯泰主义"组织和运动,这个组织的发起人名叫契特可夫(Vladimir Chertkov),会员遍及全国,甚至传到西伯利亚。他们坚守几个信条:财产公有,共住公社,积极致力于平民教育和农耕,吃斋禁欲,彻底反战,主张以和平手段抗争。这些信念后来直接影响印度的甘地和美国黑人领袖马丁·路德·金。

托翁虽成了"教主",但他自己却受家室之累,实践不了自己的信条。这一段托翁生前最后一年(1910)的故事,被一位美国教授柏里尼(Jay Parini)写成一本小说,根据的是一手资料:除了托翁自己的作品外,尚有他的妻子、秘书、子女、医生和其他身边人的回忆录,从三个主要人物——托翁发妻苏菲亚、秘书布加可夫、组织的主持人契特可夫——的不同立场来展现情节，其中把苏菲亚写得最有血有肉，而契特可夫则成了阴险无比的坏蛋，秘书布加可夫夹在中间，还有一段恋情。此书被改成电影，在台湾很引起一阵轰动，甚至诚品书店也把托翁的数本小说和柏里尼的原作陈列出来，我因此得以购买一本。回港后又买了影碟观看，觉得两位演员（饰托翁的 Christopher Plummer 和饰妻子的 Helen Mirren）实在演得精彩，但也因此把这套戏几乎变成了"家庭肥皂剧"，苏菲亚和契特可夫争夺托翁著作版权成了情节的重心，全然不顾"托尔斯泰主义"，社会和历史意义全失。只有全片最后一段——托翁离家出走、病死在一个小火车站——导演处理得十分卖力，当时已有电讯设备，全球记者云集，各个搭篷等待这位文豪圣人咽下最后一口气，这"最后一站"（书名就叫 The Last Station）的确变成一场媒体造成的 "壮观"戏（spectacle），反而近于史实，较原著更传神。然而，也正因为如此，一般观众更不会重视托翁晚年作品的意义。在柏特莱传记的最后一章，她把"托尔斯泰主义"运动的来龙去脉和盘托出。特别是对于推翻沙皇的直接作用，所以连革命领袖列宁也对托翁推崇备至，列宁的那篇名文：《托尔斯泰作为俄国革命的明镜》也成了人人必读的革命教科书。表面上被供奉上神台，但真正代表的精神却被意识形态所控制。柏特莱不无感叹地说：在俄国大革命后，托翁名声虽仍如日中天，但"托尔斯泰主义"却处处遭政府打杀。原来1917年俄国大革命时仍有六七千托翁信徒，以良心理由拒绝被征召参军，结果各个受到整肃，入监牢或被发放到西伯利亚。连托翁的一个女儿Alexandra也数次身陷囹圄。最后不折不挠坚持到底、为出版托翁全集而奔走，并数度向政府请愿拨款的反而是契特可夫。这套全集总共九十册，终于在1958年出齐，但编委会上已经不见契特可夫和Alexandra的名字。本世纪初，俄罗斯社科院又发起出版全无删节的托翁全集，预计一百册，至今尚未出齐，柏特莱说，这一次的原因不是政治，而是市场经济。前苏联虽然解体，言论和宗教恢复自由，但至今托翁被俄国教廷逐出教会的事，尚未得到平反。但托翁的曾孙已经接掌托氏家族的故居在莫斯科南部数百公里的一个农庄，名叫Yasnaya Polyana，现已成为著名托翁博物馆，到俄罗斯旅游的游客不妨绕路到此一游。

洋人眼中的清宫秘史

　　近日友朋之间议论最多的一本"奇书"是《太后与我》，乃英文原作 *Décadence Mandchoue*（直译应为"满清颓废"，原作拟名《秽乱清宫》则更合原意）。我先在报刊上看到消息，继而由一位英国学者也是翻译高手闵福德当面推荐，于是迫不及待地在坊间买到英文版，后又购得中文版，今天才匆匆看完。英文版难读，因为作者巴恪思爵士(Sir Edmund Backhouse, 1873—1944)的文笔是维多利亚式的，而且内中用了大量法文、拉丁文、古希腊文、德文和意大利文，所引的西洋经典句子从热门到冷门样样皆备，似乎最多的是出自维吉尔 (Virgil) 的史诗《埃涅阿斯纪》(Aeneid)，其他诸如荷马、莎士比亚、但丁，以及近代英国和法国的名诗人如丁尼生(Tennyson)、波德莱尔(Baude-laire)、魏尔伦(Verlaine)等，应有尽有，看得我眼花缭乱，无所适从,屡屡要读页下注解,不胜其烦(中文版则直译成中文),觉得作者在卖弄他学养,然而又禁不住由衷地钦佩,巴恪思的这种信手拈来的经典知识何尝不也是他那一辈英国贵族教育出身的人的共同特色, 如今还有谁及得上?巴恪思究竟系何人?

我第一次读到他的名字, 是上世纪六十年代在哈佛做研究生的时候,偶然看到此公和濮兰德(J.O.P.Bland)合写的一本书,老师费正清(John Fairbank)将之列入参考书单,我随意翻阅一下,觉得是野史,不可信;后来又读到一本他写的晚清某王公的回忆录,觉得更不可信,简直是野史的演义,后来证明是伪作,而盖棺论定的正是牛津大学的著名史学家 Hugh Trevor-Roper,他在一本原著《北京隐士》(*Hermit of Peking*)中,把巴恪思批评得一文不值,认为他根本是一个大骗子。这本《太后与我》,似乎在为他翻案,编者 Derek Sandhaus 在一篇长序中详述巴恪思的生平和此书的来龙去脉,原来是这位在北京住了四十多年、后来在京师大学堂任教的"中国通"在其垂死之年(1943)撰写的两本自传之一,经他的一位瑞士医生朋友誊写打字后,整理成四份原稿,分送英美四大图书馆,牛津和哈佛各藏一份,所以当年我做研究生时,原稿就藏在咫尺之遥!何况此书真正的主人公(慈禧太后)的一幅放大照片,就挂在哈佛燕京社的休息室墙上,我每天从图书馆地下室出来到此午餐,都免不了看她两眼,觉得这位老太太实在阴冷恐怖,但不失威严。想不到半个世纪后这本书又带我重游(应该说是神游)故地,也一头令我栽进一百多年前晚清宫廷秽事之中。在此辛亥革命百周年看此书,似乎有点"反动"。其实关于清末十年的宫廷野史早已车载斗量,中英文资料皆不少,甚至有电影(最著名的是《清宫秘史》)和话剧(如《德龄与慈禧》)上演,可谓脍炙人口。到底这本书吸引人之处何在?网络上早已有各路英雄好汉津津乐道,连《纽约时报》都发表专文介绍,大家众口一声,谈的都是巴恪思的同性恋和书中对于性的大胆描写,中译本译者王笑歌更将之誉为现代《金瓶梅》,全书把各种"男男、男女性事、受虐、虐待、口部、肛部行事、人兽行事,形式丰富多彩,描写明确而露白,译者估计,全本的《金瓶梅》也不过如此。乍看之下,实在震撼"。[1]我看完第一章描写的是作者和男妓桂花的各种做爱细节,也真的咋舌,然而到了第五章(Eunuch Diversions 中译为"众位太监",原意为"太监嬉

---

[1] 见《太后与我·译者序》,第23页。

012

戏"),就实在看不下去了,只好跳过;后来看到人兽交和一个"吸血鬼"王孙的故事,觉得简直耸人听闻,匪夷所思,天下竟有此种怪癖?!看来我虽是现代人,在这方面思想还是太过保守,至少在这类"性事"上,巴恪思已经"颓废"得无以复加,和清廷一样,无可救药。所以,从我的"道德"立场而言,如果此书写的全是这种秽事癖闻,实在不忍卒读。然而我又看得津津有味,而且越到书的后半部,越有意思,因为它真的把晚清十年(1898—1908)展现出来了,至少是后宫秘史,内中的真正主角就是慈禧太后。在书中这位巴恪思初见时已是六十九岁高龄的"满清"女皇,真是淫乱无匹,据巴恪思自述,曾和她做爱一百五十到两百次,而且几乎每次巴恪思都需要吃足春药,一夜高潮有四次之多,令得这位三十多岁的洋鬼子爵爷精疲力竭!我看得忍不住大笑,难道这都是真事?巴恪思在文中再三信誓旦旦说句句属实,"虽伏天诛亦属所愿",但当有一夜真的雷电交加,他正和"老佛爷"燕好之际,一声惊雷巨响,竟然把附近的另一对男女劈死了,老佛爷得以幸免。

我看到此处(第九章),直觉这完全是虚构的情节,然而作者描写的不少外景观和细节,却又栩栩如真,令我半信半疑,拿不定主意。至少有一样是货真价实的,巴恪思在书中所用的大量中文字句,除了引自古书如《论语》外,都是道地的"京片子",可能更是旗人的常用语,例如把南方汉人叫作"豆皮儿"(第七章),我就没有听过,看来这位洋"巴爷"完全把自己看作满人,情愿做其走狗。他叩见慈禧时当然下跪,又和太监李莲英稔熟,有一次两人竟然跪了两个多钟头!巴恪思在书中所用的各种关于性器和性事的代名词,可能也是当年的北京方言,除了"吹箫"外,我一个也不懂,什么"脱你的塔"、"倒挂腊"、"骑小驴儿"……如果不管其所指何事,只把它用北京话念出来,如果字正腔圆,特别把卷舌音的"儿"声发得恰到好处的话,那种"调调儿"也足以令(老北京)人向往怀旧了。走笔至此,我不禁想到我的老友胡金铨,他在世时曾和我们"大伙儿"大讲清末民初的野史,记得他也提到太监,后来看相关资料,据称仅是由太后指使的就有三百多人!民国成立后不少太监流离失所,也因此把清宫秽事传遍北京城。我猜巴恪思当年一定认识不少太监,也从他们口中听到不少秽闻,于是加油加醋,幻想自己深夜应召进宫和老佛爷缠绵床笫数回合。书中对慈禧本人性器官和性癖的描写,可能都得自宦官之间的谣传。这当然是我的臆测。然而在绘声绘影之际,巴恪思竟然把慈禧的个性也描写得淋漓尽致,让读者看到她人性的一面。巴恪思认为她聪明无比，料事如神，绝对超过维多利亚女王，她甚至还假借名目召他进宫讲授国际法，并屡屡问询，其实是演一场戏，以便活捉深夜行刺的凶手。书中的后几章，则又显露出她迷信的一面，到处求仙拜佛，一位道士说她还有十年寿命，她坚信不疑。第十五章中说她与"巴爷"同坐"红托泥布车"赴道教寺院白云观去见一位老道求问凶吉，竟然引出一大串谶言诗句，四字一句，有二十四句，巴恪思照抄如流，还说这首诗的真迹一直留存身边，得以照实抄录云云，我读到此，又禁不住半信半疑，如果这是假造，也颇下了一番功夫。也许全书的价值恰在于此：不论所叙之事是真是假，绝对是出自一位深通宫廷掌故的老北京之手，我们这代人——包括专研清史的学者——就望尘莫及了。此书真正颓废的一面，其实是对于清廷颓败的各种征象的细致描写——包括一个走火入魔的老佛爷。虽然作者是个彻头彻尾崇拜慈禧的"太后党"，甚至还有点近乎法西斯的心态(书中称墨索里尼和希特勒为伟人)，但作者个人的政治立场仍然遮不住全书后半部流露出来的"历史感"：到了1908年光绪皇帝和慈禧太后先后于两天之内突然去世，大清王朝气数已尽的迹象早已跃然纸上，全书的第十七章,才是真正的高潮,巴恪思经过三十多年的沉默后,终于"泄密",把两人惨死(而非病死)的"真相"暴露出来了。是真是假,且听下回分解。

《太后与我》的虚实

我在上文提到关于慈禧太后和光绪皇帝的死亡"真相",故意卖一个关子,说"是真是假,且听下回分解"。其实已经在无意间泄露了我的用心:巴恪思的这本奇书——《太后与我》,应该当作"野史"的演义来读。"演义"又该作何解?我觉得巴恪思深通个中三昧,他知道中国传统中有正史必有野史,也必有演义;明清以来,野史特多,汇为笔记和小说,最有名的就是《孽海花》。这本小说也是从拳匪之乱和庚子事变讲起,主人公赛金花是个名妓,后来被高官金钧(雯青)收为妾,随他周游欧洲列国,早有学者研究。但《孽海花》中的人物大多真有其人,它的"演义"成分和作为小说的吸引力在于对于异邦文物的想象。巴恪思的这本"演义"则迹近荒唐,它是一个常在北京的"中国通"洋人对于清廷的想象,但内中显然也包含了不少真实的材料。

我的基本判断是:书中的"小事"可能是真,大事则是虚构成分为多。巴恪思在北京住了四十多年，又深通汉、满、蒙文(他自认还识藏文和尼泊尔文)，当然结交了不少三教九流的朋友，内中不乏王公贵族和宦官。他说不定也进过宫，见过太后数次；又和北京的英国使馆有关系，说不定还是一个提供深宫消息的线民。至于他是否太监李莲英的密友，则无法考证了。在《太后与我》第十七章中说：太后决定废光绪，而且派了两个亲信太监崔德隆和毛克勤，带了她的手谕："兹著皇帝即时自裁，另有旨易大位，钦此"(英文原稿中"旨易"本为"旨意"，后被巴恪思改为"易"，似乎不通，这也是一个破绽)，径赴光绪帝的寝宫，"将皇帝拉下炕，他挣扎但虚弱无力——这是崔亲口告诉我，与李莲英之说法略有出入。先用绳结扼，再用枕头慢慢闷死了他。"①这一个描写就令人"拍案惊奇"了，中国人行凶是否也和西人一样用枕头闷死？光绪的枕头是硬是软？如何"闷法"？晚清笔记和野史中的另一个说法是：光绪是慈禧在食物中加了砒霜，分量逐日增多，终致于死，这似乎较可信，但也有学者怀疑此说。更有一说是袁世凯奉命去下毒的，则显得离谱了，因袁本是戊戌政变的告密者，得慈禧宠

① 见《太后与我》英文版第248页，中文版第300页。

信,怎敢私见光绪下毒乎？更荒唐无稽的是巴恪思在此章中揭露的另一个秘密：原来慈禧太后也是被袁世凯暗杀的,袁在进见时逼其退位不果后,"拔出一把六连发手枪,向太后连发三枪",打中腹部,太后"没有立时不治,而是喊道:'反贼! 拿下袁世凯,杀了他。逆子,为什么我饶他这么久？'"①最后在群医束手下,不治身死。这真是匪夷所思,袁世凯怎可带枪入殿？又怎可扬长而去？我翻阅一本最近出版的袁世凯传记,内中毫无此一细节,甚至说袁下砒霜害光绪的说法也不足信。这一段倒真像电影镜头,更像是煽情剧(melodrama)的场面,虽然巴恪思在此章最后"附言"中说:"李莲英和崔德隆分别向我讲述事实",②但死无对证。巴恪思在书中又说李莲英曾亲自将日记托他保管,他遵守李的遗言,直到1924年才看,并将之带回伦敦,③然而至今似乎还没有人找到。为什么巴恪思当时没有爆出真相？ 而且还在他的畅销书 China under the Empress Dowager④支吾其词,说两人皆是病死的。据巴恪思自己说,

---

① 见《太后与我》英文版第251页,中文版第303页。
② 见《太后与我》中文版第306页。
③ 见《太后与我》英文版第269—270页,中文版第323—324页。
④ 1910年出版,中文译本名叫《慈禧外纪》,由陈冷汰译成典雅的文言文,于1914年在上海出版,今年由紫禁城出版社再版发行。

是英国公使太过喜爱袁世凯,为了保护他,所以下令巴恪思不得泄密,看来此事更属子虚乌有。

为了个人的考证兴趣(但又不是专家),我顺便也买了这本《慈禧外纪》来读,并作"互文"相照,这才发现我在半世纪前看过此书,内中的一章就是《景善日记》,事后数位中外学者皆认为此是伪造。中文译者把这篇伪造的洋文日记转译成中文,读来以假乱真。原来内中叙述的就是庚子之变关键时刻的内幕,特别提到各王公大臣倾向支持义和团,独荣禄坚决反对。妙的是在《太后与我》书中巴恪思反而对拳乱之事略而不提,只用了内中的一个小情节:"太后率光绪帝离京避难时叫太监把珍妃扔进井里去!"皇帝跪下恳求,但"李莲英等遂将珍妃推于宁寿宫外之大井中。"①记得我幼时初看姚克的《清宫外史》话剧演出,后来又看此剧改编的电影,此段高潮突出珍妃的正面形象,是她自己跳井自杀的,光绪帝软弱,挽救不及,痛哭失声。当时我看得十分感动,觉得慈禧太恶毒了,所以恨之入骨。这一个"偏见"一直持续到我做研究生时代,同班一位同学要以慈禧太后为题写博士论文,我嗤之以鼻。时隔半世纪,

---

① 见《太后与我》中文版第184页。

巴恪思的这两本书是否改变了我的偏见？这就又回到巴恪思对于太后的描写了。且不论奸情是真是假，作者对于这位太后的仰慕敬佩之情则表里如一。然而在《慈禧外纪》中，他的感情则收敛得多，只形容"太后春秋已高，心乐和平。余深知太后的性情，平日极为温蔼，好书画，喜观剧，但有时发怒，则甚为可怕。"①又说"慈禧亦见有普通妇女之性，爱快乐，喜繁华，又有聚敛之嗜好。一生常持乐利主义，尽力以达之，但不为己甚，可止则止。其聪明之识，常能自律而不纵其欲，当办事紧急之时，从不以快乐而误正事。"②反观《太后与我》之中的床笫描写，则太后纵欲之情跃然纸上，甚至还屡呼"痛快"！前书中只把她和英女王伊丽莎白相比，但到了《太后与我》的最后两章，作者简直把她奉为天下古今第一，非但不逊于武则天，而且更把这"老佛爷"和古埃及的艳后 Cleopatra 相提并论，甚至引了一句西谚：如果这埃及艳后的鼻子短了一点，全球历史将会改写。这绝对是所讲"英雄(和美人)创造历史"的观点。然而慈禧真的美若艳后吗？一个七十岁的老人，保养得再好，难道可以荒淫达旦，有一次竟然是复驭两男，令巴爷精

---

① 见《太后与我》中文版第 292 页。
② 见《太后与我》中文版第 293 页。

疲力竭?! 我发现巴恪思的这本回忆录使我对太后的偏见更深了。我反而对这本书的编者 Derek Sandhaus 和中文译者王笑歌充满敬意,前者斗胆把此书在香港出版,就需要勇气,他写的一篇书序,内容及考证皆甚为翔实,论点也公道;他又说作者和慈禧有染不无可能,如果属实,倒真要我大跌眼镜了。王女士是翻译高手,此书难译之至,她以文白兼具的文笔将之译成流畅的中文,可以和另一本的那位民初译者陈冷汰(此公何许人也?待行家告知)媲美。王女士在译者序中非但将此书和《金瓶梅》相提并论(此点我不能完全同意),而且特别指出一种特有的"黍离之悲"的人生哲学:朝代更替,"是非成败转头空,青山依旧在,几度夕阳红";沧海桑田,人在这大时代的历史洪流中显得格外渺小,"参天地之悠悠,会心在远,才能超脱物我",这段诗我认为道出中国文学的最高境界。

然而巴恪思是否真正能"超脱物我"而"透过情色文学之幕,洞悉黍离之悲"? 明朝的李渔和汤显祖或是(他自称曾见过的)俄国文豪托尔斯泰,我认为有此能耐,但巴恪思似乎还差了一筹吧,他在书中自谦之辞其实是自诩,处处借色情笔调来渲染自己的颓废世界, 这 个同性恋的世界倒是可以和他早年在英国文坛所结交的同性恋世界连成一气;二者皆是贵族人士居多,但清朝公子哥儿的颓废独缺艺术和美学,在捧戏子和男妓之余,并没有留下什么耐读的诗词和小说。不错,清末有《九尾龟》和《海上花列传》之类的作品,被鲁迅视为"狭邪小说",虽有张爱玲推崇,但我觉得还是不能和《孽海花》和《老残游记》等名著相比。巴恪思在《太后与我》中的妓院和澡堂的描述,似乎承继了这个传统,他那首"致桂花吾卿"的献辞,被王笑歌意译成一首四言"花谱诗",可谓恰到好处。可惜我非嗜此道,总觉得巴恪思的这本书和维多利亚时代的色情文学颇有几番神似,它毕竟揭开了"维多利亚绅士"道貌岸然的假面具,然而作为一本真情忏悔录,我还是更佩服王尔德(Oscar Wilde)的 De Profundis(《自身深处》),那才是千古奇文,读来令人感慨。巴恪思写的最多不过是一个洋遗老的"后宫遗事",说不定也假借和慈禧太后的亲密关系而未被后世遗忘,想他在天堂——或地狱——之灵会用到他的京片子说:予愿已足矣。

大江东去
——杂忆两位翻译大师

数月前，我参加由也斯主持的一次关于翻译的讨论会，突然看到当代译界名手闵福德(John Minford)在报告时映出的一张照片：两位白发老人，面带微笑，悠然自若地坐在一起，手里拿着酒杯，原来就是我最仰慕的两位翻译大师霍克思(David Hawkes)教授和杨宪益先生。众所周知，两位皆曾译过《红楼梦》，各有千秋；两人皆出身牛津，但迟至上世纪八十年代初才第一次见面，那张照片，就是在这个历史性的场所摄下的纪念。我问闵福德这张照片是否他拍的，因为他是霍克思的得意高足和女婿，《红楼梦》的后四十回就是霍教授请他译的(霍氏认为后四十回乃高鹗所补，文风不同，所以译笔也应该不同)，闵福德说不是。他看我一副心神向往的样子，遂答应我说：如果有一天我为此写篇回忆文章，他一定把这张照片借给我刊登。

暑假期间,心血来潮,把杨宪益的英文回忆录《白虎》①看完了,饶有兴味,也勾起一段珍贵的回忆。

一

我对翻译毫无经验,也没有研究,只因为在美任教多年,所以接触过不少中国文学名著的英文译本,为了教学方便,也多从英译本着手。做研究生时代(上世纪六十年代)就听说霍克思教授为了专心翻译《红楼梦》而自牛津的中国文学讲座教授职位退休,他这一个决定,令我深感佩服。1968年夏我初到英伦,为自己的博士论文"找寻灵感",就顺便从剑桥到牛津小游,竟然斗胆请求拜见霍教授,也竟然蒙他答应,请我到他家中小叙,一谈就是一个下午。那时霍教授正在译《红楼梦》,话题当然围绕着这本经典名著,我既非"红学"专家,而且自己的论文题目是"五四一代浪漫作家",但霍教授毫不见怪,和我侃侃而谈,虚怀若谷,并没有把我当成外行和后辈看待,使我感激莫名。当时谈的内容我却早已忘得一干二净,但霍教授的大师风范令我感到越是第一流的大学者,态度也越诚恳、越谦

---

① *White Tiger*,中文大学出版社,2002。

虚。我年轻时颇自命不凡,有点聪明外露,见到像霍克思这样的高人之后,才逐渐把这股傲气去除了。霍教授的《红楼梦》译文(*The Story of the Stone*,共四册)陆续出版后,我当然立即购下阅读,有了这个先入为主的印象,后来在芝加哥大学有幸和刚译完《西游记》的另一位高手余国藩教授合授《红楼梦》,也用这个译本,和原著互相对照,于是又发现霍氏译文的不少妙处。例如有一回描写宝玉、黛玉和众丫环做诗游戏,因各人才能各异,所以做出来的诗句雅俗兼呈,颇参差不齐,霍克思的译笔照样用英文中雅俗不等的语言表达了出来,令我拍案叫绝。从霍教授的译笔中我悟出一个道理:翻译中国文学古典名著,非但中文要好,"汉学"训练到家,而且英文也要好,甚至更好!英国的译界前辈卫理(Arthur Waley)即是一例,他并非汉学界,所以对中文原典的了解或有瑕疵,但他的英文绝对一流。然而第一流的汉学家并不个个都是第一流的翻译家。

我只见过霍克思教授那一面,但他的大师风范令我终身难忘,现在回想起来,如果可以用一个英文字来形容的话,就是"humility"——一个大学者在学术面前的谦恭态度,所谓"高山仰止",对浩如云海的传统经籍,有一份恭敬,中西皆然。而霍克思教授身为汉学家,对于《红楼梦》

的推崇当然更不在话下。多年来我在国外见过不少西方汉学家,孤芳自赏、恃才傲物者有之;目中无人,对现代文学不屑一顾的更不乏其人,像霍教授这种真正谦虚的学者,却绝无仅有。最近在《明报月刊》读到鄢秀女士的大文,谈到她和夫婿郑培凯教授访问霍克思的情景,更印证了我的印象。

二

也许因为我对于霍克思的译笔情有独钟,所以至今没有读过杨宪益夫妇所译的 *Dream of the Red Mansions*,不知这两位大师当年把酒言欢时是否讨论到各自的翻译心得。杨宪益夫妇所译过的中国古今文学名著,其量可谓惊人。在美教学时,如用英文教材,则"杨氏商标"必不可免。所以不少美国的学界同行都说:杨宪益夫妇二人几乎代表了中国文学的全貌。至于他们的译笔如何,我不敢妄加评论,然而在现当代中国文学的翻译方面,我对杨氏风格颇有微词,甚至还写过一篇英文书评,认为无论选材和译文都不尽令人满意。特别是我当年在研究鲁迅时,将英译本和原文对照之下(中大曾出版过鲁迅小说的对照版),总觉得杨氏夫妇的译本不够味,或者可以说,他们译文中的英国味道太浓了一点。然而我还是选用杨先生夫妇的版本，因为至少内容忠实可信，没有其他译本可以取代。记得我这篇书评发表时，正是我第一次到中国内地访问前后，而且见到了杨宪益和他的英国夫人戴乃迭(Gladys)，他们后来告诉我说：我的批评有道理，因为他们久居中国，与英伦文化隔离太久，所以记忆中的英文还是维多利亚式的，而且有时译得太快，欠缺一份琢磨的功夫。这一个坦诚的回答，也令我大为叹服，从此也和他们夫妇交上朋友，虽然友情不深，仅见过几次面而已。读完这本自传《白虎》，又勾起我的回忆。我第一次到北京访问，时在 1980 年 5 月，算是公务造访，我在印第安纳大学任职，和同事罗郁正教授及出版社主任 John Gallman 到北京去谈合作出版的生意。当时中国"文革"浩劫刚过，门户初开，一切百废待举，所以接待我们的单位外文出版社的干部表面上也特别热情，大谈中美人民的友情，但双方都在猜度彼此的用心，商谈并不太顺利。记得我们初到不久，外文出版社就邀请罗教授和我作学术报告，他讲古典诗词，我谈现代文学。轮到我报告时，台下突然出现两位白发老人，坐在后排静静聆听，一言不发，我料到这两位不速之客必是鼎鼎人名的杨宪益大妇，也只好硬着头皮讲下去。讲完之后，他们上前和我打招呼,并请我次晚到他们家中一叙。原来他们主持的《中国文学》(Chinese Literature)杂志已和外文出版社分家,独立门户,所以不算是接待单位,但真正的原因(他们事后告诉我)是,他们一向对外文出版社接待的官方外宾不屑一顾,因为大多是来沽名钓誉的闲杂人等,不是学者。不知何故,我第一次见到杨先生就觉得他和蔼可亲,交谈时话也多了起来,而且我当年尚嗜杯中物,可以和他们对酌威士忌数杯而不醉。杨先生夫妇向以饮酒驰名文坛,我早有风闻,但闻名不如一见,他们非但酒量惊人,而且依然保有风度,温文尔雅,绝不失态。记得有一次在他们家里见到来访的另一位名学者刘若愚教授,乃诗学权威,也是一位无酒不欢的名士,只见他面壁不语,杨先生悄悄对我说:"他生气了!"语带幽默,可能两位大师正在辩论,未几前嫌尽逝,又喝起酒来。

记得我曾问过杨先生他在"文革"期间坐四年监狱的心情,他打趣地说:"挺好的,就是天天想吃大鱼大肉,也想女人!"又说获释后所作的第一件事就是到一家西餐馆大吃一顿!这一段故事,在他的回忆录中也提到了,唯独未提"想女人"的事。(望先生在天之灵恕我写下这段"八卦"!)我读《白虎》,感到最津津有味的反而是该书的前半部，叙述他在牛津求学，和 Gladys 及同班同学 Bernard Mellor 三人形影不离(后来此公做了港大的教务长)，他又独自乘邮轮遨游地中海，到埃及赌博时"艳遇"妙龄女郎，在德国偶遇希特勒！这些往事不禁使我忆起自己在六十年代末期只身到欧陆游荡的经验。书中说他在伦敦曾参加一个中国医学生会所的活动，会所位于罗素广场附近的 Gower 街，不禁脑中一震，想当年我在伦敦住过两个月的那幢基督教会主持学生宿舍就在这条街上，说不定还是同一幢房子！杨先生自称在牛津念书时不是一个好学生，功课得过且过，然而独嗜古希腊文和拉丁文，五个月的学习就抵得上英国学生一两年所下的功夫。他最喜欢的西洋古书就是荷马的史诗《奥德赛》，后来他将之译成中文。这是我的一大发现：原来杨先生翻译西方文学经典的数量也十分可观，除了荷马外还有法国古诗集 *Chanson de Roland*(《罗兰之歌》)、维吉尔的名著 *Eclogues*、古希腊戏剧家 Aristophanes 的两出喜剧，还有古罗马剧作家 Plautus 的喜剧 *Mostellaria*，皆由拉丁文或古希腊文直接译成中文；英文名著方面，则有萧伯纳的 *Pygmalion*(《卖花女》)和《恺撒与克里奥帕特拉》。令我顿觉"有眼不识泰山"，怎么在见面时没有向他当面请教？我也是外文系出身,但独缺西洋经典和古语的训练,至今引以为憾。杨先生当年在牛津属于 Merton 学院,他的授业教师(tutor)是 Edmund Blunden,这位年轻业师十分害羞,想杨先生也未曾料到此公后来变成了名诗人,又在港大任教多年。我第一次听到他的大名,是得自我当年的岳父安格尔(Paul Engle)之口,他和杨先生非但同辈,而且授业于同一个老师,记得安格尔向我津津乐道在牛津时如何顽皮、如何于夜间十时宿舍关门后爬墙而入的情景,和杨先生书中所描写的如出一辙,令人向往之至。三十年代初欧战将起,中国更是风雨飘摇,在那一个大时代做一个学生和爱国知识分子,感受自是不同凡响。杨先生返国后,抗战方殷,在大后方几所大学任教,也结交了不少学术界名人,苦中作乐,并曾写下一百多篇论文,尚有大量翻译,真是精力过人。我现在也到了初遇杨先生的年纪,读其一生苦难的经历,不禁掷卷而叹,那个大时代的"千古风流人物",如今皆已随风而逝了。能不发"大江东去"的哀思?

情迷现代主义

　　伍迪·艾伦（Woody Allen）的近作《情迷午夜巴黎》（*Midnight in Paris*）姗姗来迟，在世界各地上映半年后才到香港，等得我望眼欲穿。

　　早听说此片的主题是怀旧——令主角在午夜进入上世纪二十年代的巴黎。问题是：对于二十一世纪年青一代的观众究竟还有何意义？片中出现一个接一个的现代主义的作家和画家，几乎像走马灯一样，与瞠目结舌的男主角——显然就是伍迪·艾伦的化身——萍水相逢，但瞬间即失，场景接得太快了，非有心人可能不知道说的是什么典故。

　　这部影片表面上说的是怀旧，其实是在表现伍迪·艾伦自己的文化品位。读过他在《纽约客》杂志发表的大量幽默散文的人都记得，文中的伍迪·艾伦不时进入经典名著之中,甚至和小说中的人物对话(例如有一篇散文,他就和小说中的"包法利夫人"高谈阔论),这一个习惯也时而被人引入他自导自演的影片之中,譬如在《爱与死》(*Love and Death*, 1975)中,就干脆把《战争与和平》的故事由自己以插科打诨的方式演出来,而《迷失决胜分》(*Match Point*, 2005)则用了陀思妥耶夫斯基的《罪与罚》,并以这种方法向他心目中的大师致敬。

伍迪·艾伦的确是个"另类"人物,他几乎和当前好莱坞的大片潮流背道而驰,每年一部,拍出既幽默又有思想启发性的"小品"型电影,这部《情迷午夜巴黎》也不例外,但文学性更浓,把我这一代吃现代文学奶水长大的人带回到那个文字依然感人的时代。我们都把作家写出来的"文本"(小说、诗歌),视为艺术精品,和绘画、雕刻一样,而巴黎就是我们心目中的首都,何况还有在巴黎咖啡店沉思的存在主义大师萨特——当年也是我们的偶像。

上世纪二十年代也是一个失落的年代,第一次大战刚结束,欧洲的文化人顿时迷失了方向,更妙的是这种失落感却由一群自愿流落在巴黎的美国文人身上表现得淋漓尽致,其首要人物(在当年还是一位初出茅庐的作家)就是海明威。看完此片后,我迫不及待地到坊间书店购得

一本海明威的名著 *A Moveable Feast*(中译本名为《流动的盛宴》),一口气读完,趣味益然,不禁勾起自己的一段回忆:也许这就是不少友人向我极力推荐此片的原因。

看过此片的有心观众当会记得,片中男主角在午夜巴黎搭上一部老爷车,遇到的第一个人物就是菲茨杰拉德(F.Scott Fitzgerald)和他的太太 Zelda。我记得在大学时代读的第一位美国现代作家就是菲茨杰拉德,后来才读海明威的《老人与海》。菲氏夫妇是二十年代美国文坛的金童玉女,他们的生活方式:喝酒、跳舞、狂欢——也被后世人形容为美国东部都市文化的象征,文学史上称之为 The Roaring Twenties("喧嚷的二十年代"),其真正的文化来源却是巴黎。记得我在台湾上大学的时代生活苦困,一眼读到菲茨杰拉德的文字就觉得迷人之至,内容犹如天方夜谭,特别是他的短篇小说,英文不难,浪漫之至,有不少以巴黎为背景,后来有一两部被搬上银幕。

我猜菲茨杰拉德对伍迪·艾伦的主要吸引力显然在于小说中的爵士乐气氛。在美国文化史上,二十年代是爵士乐鼎盛的时期,菲茨杰拉德的不少短篇皆收入他的一个集子,就叫作《爵士时代的故事》(*Tales of Jazz Age*),而他的长篇名著《了不起的盖茨比》(*The Great Gatsby*)的女主角,就是 Zelda 的化身,她当然跳的是爵士舞"查尔斯登"。

这一段渊源在文学界尽人皆知。令我莞尔的是,片中菲茨杰拉德首次出现时的长相和穿着,竟然和海明威在《流动的盛宴》中所描写的一模一样,下面且让我从中译本引出两小段:

> 那时的史考特还带点孩子气,面貌清秀,不过谈不上英俊。他满头金色鬈发,高高额头,目光热情而友善。

> 他的衣着是布鲁克斯兄弟公司出品,很合身,他穿一件按扣领的白衬衫,系上皇家禁卫军领带,我觉得我应该告诉他这领带不妥……

可惜我看此片时没有发觉他的领带,海明威的文笔特色就是观察入微,既忠实又感人。记得我曾试着模仿他的文体,故意用很多 and 来连句,当然画虎不成反类犬!同班好友中对海氏作品研究最深的还是王文兴,后来他也成了台湾文坛现代主义的领军大师。

海明威在本片中只出现了三两次,说了几句话。伍迪·

艾伦避重就轻,把另外两位经典人物也故意忽略了:艾略特(T.S.Eliot)一镜带过,乔伊斯(James Joyce)的名字被提起,却没有出现,当年出版他的巨著《尤利西斯》(现有两种中译本)的莎士比亚书店,在片中也只有一个镜头! 六十年代末我初到巴黎旅游时还到过这家书店瞻仰,和片中的男主角一样。记得当时带的一本旅游指南就是海明威的《流动的盛宴》,但没有细读,连他和史考特等人时常聚会的酒吧"丁香园"也没有去。当年海明威在此写作、会友、饮酒,又在莎士比亚书店借来俄国文学名著的英译,遍览群籍,他当年无钱买书,书店老板 Sylvia Beach 爱才,竟然免费借给他看。现在哪有这种福气?

可惜伍迪·艾伦在此片中只字不提庞德(Ezra Pound),他更是一位爱才若渴、到处为作家张罗的人,没有他,艾略特的《荒原》也不见得会变成现代诗的经典。为了视觉效果,伍迪·艾伦当然不会放过这一群"失落"文人的女主人史坦茵(Gertrude Stein),海明威在书中一律用史坦茵小姐称呼,以示尊重。片中的她也甚为热情,但她的私生活中的女伴 Alice Toklas 却被忽略了。《流动的盛宴》中提到一件不可告人的秘密:海明威在史坦茵家无意间听到史小姐在哀声请求:"别这样,小妮子……"不知说的是谁？有待行家解谜。

史坦茵自己也是小说家，以文字创新著称，但她更大的贡献，是在家中接待了不少有才华的美国作家、法国文人和画家。片中有一景：她和毕加索争论，批评他的一幅超现实的画，毕加索的造型惟妙惟肖，而且说的是一口法语，令人莞尔。毕氏也曾为史女士画过一幅画像。

从毕加索到超现实主义，伍迪·艾伦点到另一位画家达利(Dali)和他的两个朋友，其中一位就是鼎鼎大名的西班牙导演布纽尔(Luis Bunuel)，还不忘幽他一默，故意把他后来才拍的名片 *The Discreet Charm of the Bourgeoisie* (1972)中的故事先讲给他听，令他如入五里雾中，又是一个"典故笑话"(in-joke)。

《情迷午夜巴黎》就是这一连串的文学典故交织而成的，主角不仅情迷巴黎(片初的数十个镜头令人想起另一部伍迪·艾伦为自己最中意的城市——纽约所拍的颂歌《曼哈顿》,1979)，而且更情迷二十年代的现代主义。在这个"后现代"社会，还有多少青年情迷海明威，更遑论二十年代的现代主义。

闲话王文兴

　　台湾名小说家王文兴得到今年的"花踪文学奖",可谓是海外华人世界的最高文学荣誉。编者约我写篇稿,以资庆祝,因为我是王文兴的老同学,应该对他的文风十分熟稔,但更重要的原因是(据编者说)香港的不少读者看不懂他的文字,"唔知佢讲咩"?我觉得这一个评语似乎有欠公允,为什么王文兴的《家变》在台湾是畅销书,最近他又得到台湾的"国家文艺奖",研究和评论的文章车载斗量,但在香港却如此沉寂,找不到知音?难道香港的文化水平如此低落,比不上台湾?为什么他的同班同学和《现代文学》的共同创始人白先勇在香港的粉丝无数,声望如日中天?

　　我想主要的原因是语言问题。王文兴是一个彻头彻尾的现代主义作家,以独特的文学语言呈现现代生活的现实,特别是内心生活,这种语言必须把日常生活的习惯用语或表达方法"陌生化",营造一个小说中的世界。总而言之,王文兴的小说是语言的产物,而不是直接反映现实的照相机,所以他艰涩难懂,甚至是曲高和寡。

然而这一套学院"形式主义"的说法,也太过笼统,未免忽略了王文兴作品演变的过程。为了写这篇文章,我重新翻阅王文兴的早期短篇小说①,读来饶有兴味,内中有些作品都是他在台湾大学外文系做学生时代写的,因为我也可以作个见证。

王文兴在初入台大时已经读完英译本的陀思妥耶夫斯基的《罪与罚》,从这本名著中他领悟到小说的"写实艺术必须内外兼具:小说人物外在的行为出自内心的动机,而内心的世界永远较外在的更复杂"。因此他从开始就不注重情节的铺陈,而专注于捕捉人物本身的瞬间感受。但他并没有用"意识流"的手法,而是用一种源自福楼拜(Gustave Flaubert)——他认为是法国最好的小说家——的客观描述。王文兴在大学二年级已经读了福楼拜的《包法利夫人》,这位法国作家的写实,风格极度客观,毫不伤

---

① 收在他的《十五篇小说》一书,台北洪范书店。

038

感,也最忌伤感。想当年大家还在"情窦初开"的人生阶段,同学还在读《简·爱》《呼啸山庄》之类的浪漫小说,王文兴已经写出短篇《最快乐的事》,以不到一页的篇幅描述一个青年人在第一次性经验后的幻灭,他自言自语说:"他们都说,这是最快乐的事,but how loathsome and ugly it was!"然后自杀。

这篇小说的文字简洁,十分易懂,触到一个文学上的大主题:"成长小说"中的"initiation",但却一反其道,青年在尝禁果之后没有长大成人,反而更孤独绝望。我认为王文兴的所有作品,都隐含了一种孤独,这种孤独不但使得小说中的人物和外在的现实疏离,而且为王文兴的"客观"文体加上一层干涩的味道,记得我用了一个英文字形容它"arid",他颇同意。我还记得他非常用功,非但勤读西洋小说[在此期间他又读了卡夫卡、加缪、海明威和福克纳(William Faulkner)等不少其他欧美现代作家],而且勤做笔记,把不同的文体和词语抄下来,反复琢磨,为的是提炼他自己的文体,所以称他为"stylist",并不为过。

王文兴的文体,逐渐演变到《家变》时期,又添加了一层词句肌理的浓度和节奏感。《家变》在当时台湾文坛造成极大的震撼和争论,但一般读者多批评其内容大逆不道,作者竟敢挑战中国自古以来的儒家孝道伦理!但我们如果放宽视野,在西方现代化文学中,这种叛逆态度早已司空见惯,至少《家变》中还没有明写乱伦,也没有"人吃人"的隐喻。记得当时乡土文学论战正方兴未艾,王文兴被围攻,他在道德批评的众目睽睽之下毫不畏惧,甚至在一场大会中,还故意说出一句妙语:文学的目的就是"愉悦"——创作和阅读文本的愉悦,此言一出,全场哗然!如今时过境迁后思之,这不就是罗兰·巴特(Roland Barthes)那句名言吗?当时的文评家还不知道罗兰·巴特是谁?

其实《家变》的文字不难懂,只不过内中缺少一个能令人同情和同掬一把泪的人物,而最后的结局更是一反"情节剧"的高潮:出走的父亲(这个情节本身也一反"五四"的模式)没有回来,儿子和母亲反而相安无事,过得很快活。殊不知王文兴最反对的就是这种通俗伦理的"大团圆"结局,他宁愿视"欠缺"(他另一篇小说的题目)为常态,这也是现代人的命运。

到了《背海的人》,才确实是对读者最大的挑战,这个长篇小说分上下两集,初读时实在佶屈聱牙,开头第一句就是一连串的"粗口",几乎把读者骂出小说世界之外。这本小说非但难懂,而且难读。但他的愉悦性偏偏要读出来才能完全领略得到。

　　记得多年前在台北的一次学术会议上，有人责难王文兴，说《背海的人》非常难读，而且根本读不出来，不料王文兴不慌不忙地站起来，用他的男中音嗓子，把全书的第一段从头念到尾，毫不费力。我在场第一次体验到他的文字的节奏感，然而这种节奏感是不规律的，如果打起拍子来更难，犹如勋伯格(Arnold Schoenberg)的音乐。《背海的人》从头到尾也是独白，主角在演一场独角戏，全书最后一句是："喂，救命，救命……"这位自称"爷"的中年人最终被杀了，不能发声。不知台湾是否有人把它改编为舞台剧或广播剧？这又令我想起另外一位现代主义的大师——剧作家贝克特(Samuel Beckett)，王文兴当然熟悉他的作品。

　　这篇小说以南方澳为背景，但在我的心目中根本没有地方背景，小说的舞台是抽象的，空无一物，就是一个"说话的头"(talking head)作长篇的独白，它可能打破台湾文学有史以来所有独白的长度。演起来却需要有戏剧性，甚至故作夸张，带点荒谬喜剧的意味。在印出来的小说文本中，作者早已把各种读法仔细地标志出来，一清二楚：空白处要停顿，涂墨字体的词语要念得重一点，注音符号照念，取其声韵，还有某些文字旁边画的竖线，我还是搞不清用何种读法。这出戏如译成外文,最好是德文,因为德国的"表现主义"喜剧和电影提供了不少先例〔更遑论勋伯格的"说话"乐剧(Pierrot Lunaire)〕。

那么,是否可以用广东话演出或读出?这就难了。《背海的人》说的是什么口音? 王文兴用国语(普通话)读,但偶然也夹有其他方言口音——四川话?福州话?小说中提到:"爷还表演苏州、扬州、兰州跟福州的方言土音",可见"独白"中的口音应该是混杂的,当然还带有台湾口音的国语。但香港人用粤语来读,恐怕难度甚大,也很难抓住那种的节奏和韵律。我为此曾请说粤语的妻子念小说中的一段,她念了不到两分钟就念不下去了,而且是全无节奏感。也许这也是香港读者不能参透王文兴作品的原因之一?用广东话读古文,或以古文为基调的白话(如白先勇的语言),没有问题,然而王文兴的语言却复杂得多,内中不乏古文,但更多的是从早期"五四"白话文提炼出来而自成一体的现代白话文,但我觉得王文兴自己读得稍嫌文雅,不够粗犷;台湾诗人管管曾经在一次学术会议上以略带北方方言的口音朗诵一首诗,听来却恰似我心目中的《背海的人》。

以上这些观点,除了个人阅读心得外,还得自台湾刚发行的一部关于王文兴的纪录片《寻找背海的人》(林靖杰导演),内中作者现身说法,读了不少自己的文章,极为珍贵。最后还有一段是作者和三位乐师合作"读奏"小说中的片段,甚为精彩,音乐颇为新潮,甚有勋伯格味。此片即将在港上演,王文兴亦将于11月5日下午与另外两位名家——余光中和杨牧——在油麻地百老汇戏院的Kubrick咖啡店亮相,有心读者不可失之交臂。

漫谈狄更斯

　　今年是英国文豪狄更斯(Charles Dickens)诞生二百周年纪念,世界各地皆有庆祝活动。我家附近的一家书店也在减价销售他的小说,然而我实在提不起兴趣买,不禁扪心自问原因何在,特别是近月来我发奋重读文学经典,甚至打算看陀思妥耶夫斯基的小说,早知道狄更斯对陀翁颇有影响,为什么我还是不想读狄更斯?日前偶尔看到英国《金融时报》Christopher Caldwell 的一篇文章,意见相同,并且认为狄更斯在外国的地位远比本国为高,在外国人心目中,他的小说代表英国,美国人尤其如此想。众所周知,十九世纪美国曾有狄更斯热,他的小说在英国报章连载,美国读者甚至跑到码头去等着看轮船运来的报纸,迫不及待地看小说人物的命运,追问"小耐儿还活着吗?"我不禁又想到晚清林琴南翻译的《孝女耐儿传》(原名是

044

The Old Curiosity Shop），他也是感动至极，还写下一篇洋洋洒洒的序文。我找来重读，倒发现这位不懂外文的翻译大家的观点甚有启发性，林氏将狄更斯的文笔与曹雪芹和太史公相提并论，认为《红楼梦》叙人间富贵，人情冷暖，但"终竟雅多俗寡"，而狄更斯则能"扫荡名士美人之局，专为下等社会写照"，又说"叙家常平淡之事最难着笔"，而狄更斯"则专意为家常之言，而又专写下等社会家常之事"，实在是小说大师。

林氏对《孝女耐儿传》颇情有独钟，我曾在多年前写的博士论文中提到，林把这本"煽情"(sentimental)小说赋予道德意义，耐儿成了儒家孝道的典范。在此篇序文中，林氏特别点出狄更斯文笔的妙处，用的是旁敲侧击的手法：读者以为"耐儿之奇孝，谓死时必有一番死决悲怆之言，如余所译《茶花女》之日记"，然而"狄更斯则不写耐儿，专写耐儿之大父凄恋耐儿之状"，足见大文豪的用心良苦。读过此小说的读者当会知道，耐儿的祖父是一个赌徒，不听孙女的劝告，耐儿的死是他间接导致的。陀思妥耶夫斯基自己也是一个赌徒，可能与此心有戚戚焉，不过这位俄国大师专注的是一种内心的罪恶，而非言情或孝道。据学者研究，1862 年狄更斯曾接受陀思妥耶夫斯基的访问，陀氏还引了一段他的话,大意是说:狄氏小说中的好人都是他自己想做的榜样,而坏人则是他心中挥之不去的恶魔。这个说法似乎用在陀氏自己身上更为恰当。我在网上查到一篇宏文,是一位俄国女学者 Irina Gredina 写的,文中提到陀氏在 1867 年就借了法文版的 *The Old Curiosity Shop* 来读,甚至把 *David Copperfield*(《大卫·科波菲尔》,林译《块肉余生述》)看了数遍之多!这篇论文特别分析狄更斯的小说 *Our Mutual Friend* 对陀思妥耶夫斯基的《罪与罚》和《白痴》的影响,不仅是犯罪心理的描述,而且更重要的是正面人物的典型——前者的 John Harmon 和后者的 Myshkin 王子都是同类的圣洁人物,饶有洞见。这两本小说我都没有看(后者只看了一半,但看过黑泽明据此改编的日本影片),不敢作评。但至少 Gredina 提醒我们,他不仅深入人性的黑暗面,而且更向往人性善良的一面,两位大师都是基督徒,虽然英国国教和俄国的希腊正教在仪式上大不相同。

鲁迅指出陀思妥耶夫斯基"坚韧"的受难精神,可说把正面和负面都顾到了,但他没有看到陀氏小说中的天真纯洁的人物,如《白痴》中的 Myshkin 王子和《卡拉马佐夫兄弟》中的阿留夏;罪犯和圣徒乃人性两极,也可以是一个角色的双重性格或两个对等人物，所造人性谁也比不上陀翁描写得更深入。

对我个人而言，狄更斯小说的社会性反而显得突出，他从中产阶级的角度描写中下阶层的人物，入木三分，但他的视野还是脱离不了中产阶级，而且相当保守。当时英国社会在工业革命影响下起了翻天覆地的变化，都市人口遽增，工人和穷人大量拥入，问题严重，他虽同情穷人，但并不主张革命，只望有钱人多一点恻隐之心和正义感而已，当然也不够客观，也比不上巴尔扎克。倒是他对于充斥于伦敦街头巷尾的"鸡鸣狗盗"之徒的描绘十分生动，难怪 *Oliver Twist*（林译《贼史》，又译《雾都孤儿》）最受欢迎，改编的电影不下五六部。我少时受电影影响，最喜欢看他的《双城记》，和所有读者一样，只记得小说开头的那一段话："那是最好的时代，那是最坏的时代……那是有希望的春天，那是绝望的冬天"，这段话现在读来有点夸张，稍嫌肉麻；反而是第二段更有趣，而且颇富幽默感："在英国有一个大下巴的国王和一个面貌平庸的王后；在法国有一个大下巴的国王和一个面貌平庸的王后……"故意重复，讽刺的意味也更浓。继续读下去，故事的主角 Sydney Carton 出现了，他到巴黎，被卷入法国大革命，为他仰慕的女子牺牲。也许当年我看的好莱坞影片中饰演此角的英国演员Ronald Colman气质高贵,演得太精彩了,连带使我感动仰慕不已;现在思之,却觉得小说和影片中的"意识形态"都相当保守,对这场大革命的看法全是负面的,集中在断头台杀人的"大恐怖",显然反映了狄更斯的保守心态,和另一个英国名人Edmund Burke差不多。

我个人印象较深的狄更斯小说是 *Dombey and Son*(林译《冰雪因缘》),也是为了当年研究林琴南而读的,先看林的译本,然后进入原著,发现这是一部真正的历史小说。故事描写的是一个资本家和他的公司,内中对于铁路交通——特别是火车煤烟——带来的冲击和伦敦的都市演变描写得甚为生动。我在英文论文中写道:这是狄更斯后期的首部成熟作品,认真关注社会问题,"进一步反映了狄更斯因物质生活改善而感到的矛盾,他一方面批评工业主义为社会带来的种种罪恶,与此同时,他又明白机器的好处,以及机器带来的力量和财富"①。当然小说中也有一个人情的主线,和一个孝女,感情与道德合二为一,当故事结尾父女重逢,女儿对原来冷酷父亲说"自今而后,永不

---

① 见拙著《中国现代作家的浪漫一代》第三章,此章译者是张婉丽。

再别"的时候，林琴南禁不住加上一句感言："畏庐书至此，哭已三次矣"，大有天下有情人同声一哭之意。

附记：

上面提到我对狄更斯有偏见，总觉得他的英文太啰唆，不免烦琐。也许维多利亚时代的文体本来就是如此，与现代英文不同，然而我看柯南道尔的福尔摩斯小说并非如此，读来甚有兴味。而康拉德（Joseph Conrad）更是了不起，原籍波兰，竟然写出如此精练的英文，引人入胜。哈代（Thomas Hardy）的英文也啰唆，但写得有深度。勃朗特姊妹（Emily and Charlotte Brontë）的作品，至今流行不衰，《简·爱》和《呼啸山庄》多次被搬上银幕，也自有其原因。相形之下，几乎把狄更斯比下去了。然而又有人认为狄更斯的英文应该是可以朗诵的，他在家里的客厅时常举办沙龙，邀请亲友听他朗诵自己的小说稿。华人读者如我，即使谙英文，还是读不顺畅，看来需要借助英国BBC的演员，才可以重现真面目。倒是林琴南不太忠实的古文译文（内中不免删节），我至今读来依然有味。

漫谈韩素音

名作家韩素音于 2012 年 11 月 2 日逝世,享年九十五岁。编者约我写一篇文章,其实我并没有看过太多她的作品,只能略谈个人的印象。第一次读韩素音,约在上世纪六十年代末。记得那时她正红得发紫,挟其《生死恋》(*A Many-Splendoured Thing*)的余威,接连出版了三本自传式的书:*The Crippled Tree*、*A Mortal Flower*、*Birdless Summer*,构成三部曲。那时我在美国初任教职,开了一门名叫"中国的印象"的低班课,斗胆选了这三本书作教材,当时就有汉学界同行对我说:"你选她的书作什么?根本不可信。"我回答说:"这门课探讨的不是历史真实,而是西方人对中国的印象。"韩素音的作品——不论是自传、小说、或人物传记(毛泽东和周恩来)——全是她个人的印象,所以读起来很生动,像小说一样。然而我也不自觉地把她当作西方作家,她虽然生于中国,但从未用中文写作,她对中国的印象也是"外来人"的观点,但却以"内行人"自居,向外国人宣扬新中国的革命成就。在"文革"时期,她几乎成了新中国的代言人,和斯诺(Edger Snow)齐名,后者描写长征的 *Red Star over China*(中译名是《西行漫记》)至今已成经典。这两位作家都是中国共产革命的坚决拥护者,观点一面倒,对中共几乎没有一句坏话。韩素音的文字更是充满了激情,所以成了中共的宠儿,她每次访华时都受到特殊优待。记得陈若曦有一篇暴露"文革"的短篇小说《耿尔在北京》,内中就把韩素音这个"中国通"着实揶揄了一番,说她在内地游山玩水,其实根本看不到中国人民的疾苦。在海外,至少据我所知,对韩素音的"中国通"名声作最致命的打击的是比利时籍的汉学家李克曼(Pierre Ryckmans,笔名 Simon Leys,后在澳洲长期任教),七十年代初他在《纽约书评》发表一系列的文章,揭露"文革"的真相,观点和当时的"左派"针锋相对,对韩素音也严加批评。他的英文文笔,和韩素音同样犀利,外加一份学者的分析能力,遂令我对韩素音开始失望了。如今时过境迁,那个"火红的年代"也随风而逝了。据称韩素音晚年一直住在瑞士,和印度丈夫分居,但并没有叶落归根,回到她热爱的祖国定居。为什么？也许和她的欧亚混血背景有关吧。据网上资料显示，韩素音生于河南，父亲姓周（所以她出生的本名是周光瑚），但母亲是比利时人。她的第一任丈夫是国民党的军官 [她的小说《目的地重庆》(*Destination Chungking*)写的就是这段恋情]，不幸在国共内战时丧生。她的第二任丈夫本该是 Ian Morrison，一位英国记者，可惜使君有妇，有情人受尽相思苦。韩素音把这段爱情故事写成小说《生死恋》，后被拍成同名电影(1955)，轰动一时，特别是那首主题曲，听来荡气回肠。然而这本小说的另一个更重要的主题是白人的种族歧视：它描写一个欧亚混血儿的单身女医生如何在香港的英国殖民社会中求生存，并维持个人的尊严。也许这正是我对韩素音早期的作品颇有偏爱的原因。一个生活在两种文化的夹缝中，受尽歧视的女人，怎不会博人同情？她使我想起张爱玲的母亲，她们在中国社会过不惯，只能在中西混杂的殖民地如香港和新加坡生活。看过张爱玲的《小团圆》和她的两本英文小说，特别是 *The Book of Change* 的读者，当会记得张母的形象，相较之下，《生死恋》中的韩素音高贵多了。

张爱玲当年也想以英文写作在美国打天地，却得不到美国出版商的青睐，韩素音反而成功了。且不谈其他原因,就以英文文笔而论,我认为韩素音绝不输于张爱玲,甚至尤有过之。(最后这一句话可能冒犯了不少"张迷"。)也许在学者和文学评论家的心目中,韩素音永远不可能成为一位"严肃"作家,她虽然靠《生死恋》的浪漫史而走红,后来的声誉却建立在她对中国的印象:因为中国内地曾对外常年封闭,令不少外国读者对中国产生神秘的幻想,韩素音的那几本歌颂中共的书——包括两本歌颂毛泽东的史书(*The Morning Deluge: Mao Tsetung and the Chinese Revolution*,1893—1954 和 *Wind in the Tower: Mao Tsetung and the Chinese Revolution*,1949—1975)因此洛阳纸贵,但读来读去都像小说,正因为内中掺杂了大量作者的感情。现在大概不会有人看了。对于老一辈的香港读者,提起韩素音,无论是褒是贬,大概都会对她那段发生在香港的"不了情"一掬同情之泪:如果当年她的英国爱人没有在韩战采访时死亡的话,该多好? 现在这对恋人可以在天堂共缔良缘了。

文化是什么？^①

什么是文化？这个题目,早已成了老生常谈,然而它的意义却因人而异。

对活在当今的一般人而言,所谓文化不过是"高等消费"的代名词,它不见得属于物质上的享受,但和买一双名牌皮鞋差不多,穿起来走在街上很体面,甚至表现一个人的生活品位和所属的社会阶层。多年前法国社会学家 Pierre Bourdieu 写过一本书,名叫 *Distinctions*(《差别》),英文和法文的原意皆有等级高下的含义,简而言之,就是品位的区分,并以此来界定新兴的阶级。中国近年来流行的新名词"小资"指的也是一个新兴起的都市群体和其消费

---

① 阅读书目:Zygmunt Bauman, *Culture in a Liquid Modern World*(Cambridge,UK:Polity Press,2011)、*Does Ethics Have a Chance in a World of Consumers?*（Cambrdige,Ma.:Harvard University Press,2009）

品位。据说拙作《上海摩登》也被列为"小资"读物之一,令我在荣幸之余颇感啼笑皆非。

除了消费和品位之外,文化还会带给我们什么?这就牵涉到生活的意义的问题了。

物质消费的基本动机是刺激欲望,它大多是属于身体上的,然而文化消费并不只此;欲望是无底洞的,消费得愈多,欲望也愈大,商品是经由广告推动的,而且商品千变万化,让人眼花缭乱,任人选择,但又选不胜选;况且不停地换样子,"时髦"变成了一个"差别"的绝对标准,今日新的立刻会变成明日黄花,于是消费也是停不了的,不断再买新的。不少理论家都说过,这也是"现代性"的特征之一。英国的一位研究全球化的理论家 Zygmunt Bauman 创了一个新名词来形容这种现象——"流体现代性"(Liquid Modernity),意思是说,我们现在生活的世界(至少在发展国家)已经超过"供"与"求"的经济循环,不再是经由发明或制造把新的物品取代旧的物品,而是新/旧永远存在于一种流动状态,因此社会生活本身也永远是流动的,不能稳定,更不能持久。其影响所及,所有的价值系统也不能稳定持久了,于是一切都飘浮不定,变化得不可捉摸。人生也早已失去那种"扎实"的感觉,更不必提男女爱情和婚姻及家庭关系。"虚无主义"早已席卷全球。

为了寻求挽救之道，不少中外人文学者都不约而同地重新探讨伦理(ethics)问题，大学商学院也将之列入必修的课程。我现在任教的香港中文大学的商学院的一个高级训练班(EMBA)也请我这个文学专业学者去讲文学和文化，我先后做过两次演讲，发现学生的反应十分热烈，甚至比我自己的文学班上的学生更热烈。我选了一个看来肤浅的题目：《我们现在为什么还要读小说？》讨论时才发现，除了我以外，没有一个人认为小说只不过为了消遣。他们要我多讲小说的文学价值，并介绍更多的更值得看的文学作品，每人脸上显露的都是一副思想饥渴的表情！课后和几位学员交谈，他们个个向我抱怨当今价值混乱，无所适从的感受。

于是我禁不住想到文化和生活的问题，觉得必须把文化彻底重新定义。

这个新定义其实并不新，如果我们回想"现代化"以前的世界，就会发现：无论在中国或是西方，文化都是一种经由人的心智和创造而产生的成果，孔子以文化作为思想和行为上的准则；西方的启蒙主义更将文化视为推动民族国家建设的动力和工具。可惜的是，这个力量和工具被误用了，变成了意识形态的一环，这又和马克思理论中所谓的"上层结构"不完全相同。上面提到的 Bauman 在另一本书（*Culture in a Liquid Modern World*）中说道：在西方"文化"原来的意义是"耕耘"，它的教育含义是和儒家相通的，都假设一群少数的有知识的人来教育大多数无知的人，二者有一个协定：前者自愿把后者提升到一个经过改进的新价值秩序中，这个双方共识的基础就是新成立的民族国家；二者都是其中的一分子和公民。民国时代的"五四"新文化运动是一个最经典的例子。

然而在今日的"后现代"社会，这种知识精英主义早已受人非议，当今商品挂帅的文化早已雅俗不分，大家都在消费，品位由商品的价格而定，而价格则靠广告炒作，于是文化成了一种奢侈品。

这个反精英主义的潮流也侵入当今西方学院各种的"文化研究"系，理论五花八门，但都反对精英式的文化，更激烈的学者还反对所有经典，认为是权力的产物。文化研究更把人类学对文化的定义扩大，举凡一切日常生活的行为和模式都是文化，推而广之，消费主义当然也成了文化研究的主要范围，有人批判，但更有人视之为当然，还从马克思的理论中抽取"恋物狂"（fetish）一词，大作理论文章,一切以消费是瞻。文化的生产和创造呢?研究的人反而少了。甚至现在香港政府大力鼓吹的所谓"创意产业",其目的也不在开发创意而在"产业"——也就是说,如何把文化变成一种企业,能打开市场赚大钱!文化变成赚钱的好生意以后,其本来的启蒙和教育意义也荡然无存。

我提倡回归文化原来的意义,倒不是为了复古,更不赞成把文化视为意识形态。我觉得应该把文化的意义回归到个人日常生活的领域,它虽然免不了带有消费的功能,但绝不止于此。消费式的文化是不能积累和持久的,它瞬间即逝,而我心目中的文化恰好相反,是逐渐吸收,和积少成多的,但更需要消化(它和消费只有一字之差)!如何吸收和消化,则需要个人的努力,培养兴趣必不可少。我最近写的文章都是出自我个人多年来培养的兴趣——往往是专业以外的兴趣。

我曾向听课的学员(大多是商界成功的人士)问一个基本问题:当你们赚够钱以后,又如何生活?生命的意义何在?也许,文化可以提供一部分答案。

香港的文化定位

——从国际大都市到世界主义

　　展望香港今后五十年的文化大势,这个题目太大,很难说得清楚。简单来说,我认为香港文化面临两大问题:一是香港本身的文化认同:它到底要成为一个属于中国又有中国特色的海港大都市和金融中心,或是成为一个和中国各大都市如北京、上海、广州,不尽相同而又多元文化的国际大都市?从政治或民族主义的立场而言,当然应该是前者,(但可以享有特殊地位),然而从长远的文化发展而言,如此则香港迟早会边缘化,被国内各大都市超越,而成为一个毫无特色的沿海城市,最多只不过和广州差不多,其前途端靠"大珠江三角洲"的国家重点计划如何将之整合。

　　香港的另一个选择,我认为是朝向更国际化的文化发展,作为一个真正的"亚洲国际大都市"(Asia's World

City）。至今"国际化"这个名词早已变成香港各大学领导人的口头禅,但语焉未详,而且简化为只用英语教学的功能主义;另一方面,国际化被视为全球化的代名词,又被简化为市场经济和电讯科技的产物。我心目中的"国际大都市"绝非如此,而是更具有"世界主义"（cosmopolitanism）特色的多元文化都市。既然是多元,所以更应该多彩多姿。

目前香港的问题出于民族国家的认同和本土认同之间的矛盾,却未顾到更多元的文化发展前景。我反而认为:过度的民族国家认同不见得对文化发展有好处,而过度的本土性（localism）也会造成一种狭义的乡愿心态（provincial mentality）。民族主义背后的文化支撑是"大一统",对于文化的多元性,最多不过表面上包容,而不会实质上尊重。而目前流行的所谓"全球化"也只不过表面多元而已,实际上还是"异中求同"——"同"的关键就是资本主义的市场规律;市场推动的消费文化无孔不入,甚至也可以把各民族国家和本土文化纳入其活动范围,所谓"全球本土"（glocal）就是这个意思。

我心目中的国际主义或"世界主义"（cosmopolitanism）,与以上所说的全球化或"全球性"（globalism, globality）并不尽相同,想在此作一番略带学术性的诠释和辩解。至于香港文化发展的细节，可能所需篇幅太多,此处暂不讨论,容后再议。

一

香港号称是亚洲的 Asia's World City,然而,所谓的 World City 译作"国际"也好"世界"也好,究系何指？我猜可能又和所谓的"全球化"有关。这个当今流行的名词含义笼统,如从资本主义的观点而论,有资格作全球大都市的城市必须是金融中心,因此北京并不合格;如果用瑞典人类学家汉纳斯(Ulf Hannerz)的定义,全球化必然是超越国家的,它的基本要素是各种人群的流动和信息的交流,因此作为全球化的大都市必须具备四个基本条件:1.国际贸易和金融中心;2.世界游客的胜地;3.如果是第一世界的大都市,它必须也是各种第三世界人口聚居的地方(例如洛杉矶),但以前或现在属于第三世界的都市又如何？他却没有解答;4.它必须是大批"创意人才"的聚集点,所谓创意人才,至少包括下列数种有关领域:艺术、时装、设计、摄影、电影、写作、音乐、厨艺,当然还有不少其他种类。他心目中的都市当然是纽约和伦敦,但书中讨论的还有阿姆斯特丹和斯德哥尔摩,并把南非约翰内斯堡一个郊区

(Sophia town)也作为个案研究。①

我时常引用这四个条件来提醒香港的当权者，不要只顾前两项而忘了后两项，因为香港拥有不少来自其他国家的移民，包括大量来自东南亚的佣工，这也应该是香港作为国际大都市的强项。然而他们的文化呢？香港的大多数华人对此毫无兴趣，所知更是有限。

我认为该书最重要的论点是第四项"创意人才"，这就直接牵涉到文化问题。目前港府叫的"创意产业"口号很响，但实际上香港不少创意人才早已流向内地；上海和北京反而后来居上。为什么？原因无他，因为香港的官僚机制太大，层层关卡，一切以经济效应为首要考虑，根本不尊重创意人本身的需求。

这四大基本元素没有彻底实现，香港很难成为名符其实的国际大都市。

二

最近我重新反思，觉得汉纳斯所提的这四大要件仍然不足，因为他没有顾及城市居民的心态和文化取向问

---

① 参见其著作：*Transnational Connections：Culture，People，Places*（Routledge，1996）第十一章 The Cultural Role of World Cities。

题;换言之,并非所有国际大都市的居民都有国际观瞻。

汉纳斯在书中第二章中提到一个更重要的问题:所谓"国际人",英文字是 cosmopolitan,汉纳斯对这个名词的定义是:"一种与他者交往的意愿"和"在知识和审美层面对多元文化经验的开阔心胸,求异的对比多过求同"。说来简单,但实行起来却颇困难,因为做得过分就失去本来的文化或民族认同。他又提到"文化能力"(cultural competence)的问题,认为对其他文化有能力掌握的人,可以创立自我的"国际观瞻",甚至可以主动放弃自己原来的认同而"投降"于另一种文化。这种倾向,也许在第二代或第三代华人移民的子孙中见得到,听说不少新加坡的年轻华人只说英语,不愿意做中国人;但在香港绝无仅有。中国内地的公民对这种取向会斥为汉奸。

那么,在当今的情况下,讨论"国际人"或"世界人"的观念是否大逆不道?这是否"大中华"文化的特色?其他国家的人怎么想?

我在美国居住了将近三十多年,遇到不少来自世界各地的人民,各个都成了美国永久居民或公民,但没有一个人愿意完全扬弃源自本国的文化认同,最多只不过在表面上美国化了一点。也许这些人的后代会彻底美国化了,变成货真价实的美国人。然而美国本身就是一个移民国家,即便是做美国人,还是要坚持多元文化,不能大一统。所以,纽约和洛杉矶等大都市很自然地变成国际大都市,非白人的居民人数比例也越来越高。前身是殖民地的香港——其绝大多数的居民都是从内地移民过来的——是否有此能耐? 当然,从中国民族主义的立场看来,回归祖国是天经地义的事,认同祖国文化(包括各种爱国符号如国歌、国旗和"国语"/普通话)势在必行。如此则一切国际化可以免谈,只剩下经济和金融一项。文化也只能服从这个"大趋势"。

我认为文化和政治/经济不能画等号,必须有所区别。而全球化的势力更不可挡,在这两大趋势之间探寻多元的文化空间,并不容易。

三

最近我正在看一本书,是一位哲学家写的, 阿丕亚(Kwane Anthony Appiah)生于非洲的加纳,后在英国受教育,学成后到美国名校哈佛及普林斯顿任教,他这本书的原名叫作:*Cosmopolitanism: Ethics in a World of Strangers* (2006),副标题特别值得注意:这本书不只是描述当今全球化的文化现象,而是讨论一个道德伦理问题,那就是我们对于"陌生人"(或"他者")是否有责任。他认为 cosmopolitanism 的观念有两个面向,一个是对于不属于自己的国家、文化和种族的"他人"应该有责任或义务,因为我们都是生活在这个地球上的人,换言之,这是一种属于全球化影响下的"普世价值"问题;另一个取向是:"世界主义"必须对于其他人种和文化有真正兴趣,因此要尊重差异,换言之,"世界人"必是多元主义者,不相信世界只有一种真理,更不唯我独尊。阿丕亚也承认这两者之间有时会发生冲突,但显然他的关注点在于前者,该书最后一章的标题是:"对陌生人"的慈善(Kindness to Strangers),可见其端倪,他认为只谈"包容"和"谅解"已经不够。妙的是法国哲学家德里达(Jacques Derida)在一本同名的小书(*Cosmopolitanism and Forgiveness*)中讨论的也是一个类似的问题。

这两本书似乎在华人学界并没有引起广泛的讨论,为什么?在此不必细究。值得一谈的反而是在现实生活中,全球化和"世界主义"是否有必然的关联?通讯科技和交通发达以后,世界各地的人民交往也频繁起来,这是全球化的好处,但冲突也必会增多,如何解决文化上的冲突？于是"世界主义"的伦理应运而生，我觉得这是当务之急，如果说在今天的世界有所谓"国际公民社会"发展的可能，这个问题就必须讨论，否则香港作为"国际大都市"仅徒有虚名，只有硬体而没有足够的软体支撑，甚至汉纳斯所提的四个条件也不够。

就我自己而言，我反而更关心"世界主义"的另一面：那就是对非华人的他种文化的态度和了解。如果我们重读梁启超1899年初游夏威夷时写的《汗漫录》的序言，就可以发现他的志愿是从"乡人"变成"国人"而后更要成为"世界人"，他说此乃大势所趋，使他不得不如此，至少他并不觉得做一个"国人"和"一个世界人"有何抵触或矛盾之处。那么我们是否可以效法梁启超，采取"双重认同"的态度，同时做国人和世界人？

目前香港的创意文化，从创意的层次来看，尚未发展出双重文化认同的特色和优势，而似乎落于两难的局面，教育的危机更严重，香港学生的中文和英文都退步，反而一厢情愿地朝向浮面和狭义的本土心态——只说粤语，只关心生活、就业和消费；甚至以这种自保式的鸵鸟心态来对抗外来的内地文化。这和骂港人都是英国殖民地的走狗在层次上又有何区别？

香港人不能只做"乡人"而不做"国人"和"世界人",必须三者具备,我们要效法梁启超。就目前的情况看来,最重要的反而是"世界人"的文化认同。

四个城市的故事①

——我对于珠江三角洲的愿景

　　每一个人，对于一个自己居住的城市，都有自己的回忆。这种回忆铺展出去，也可能有地区的回忆。珠江三角洲是一片大地区，在我的心目中也是由几个城市串联起来的。

　　这和我童年时代的回忆大不相同，因为我生在河南西部乡下，在童年的世界中只有坐落在山谷的乡村，没有城市。后来(大约七八岁左右)第一次进入一个"声光化电"的大城市上海，对我的震撼之大，可想而知，或可用英文字 trauma(心灵创伤)来形容。我在拙著《上海摩登》英文版的序言中就曾特别提到一次困在旅馆旋转门的惨痛经验。

① 本文乃根据 2011 年 3 月 11 日在广州召开的 "珠三角四城八方研讨会"口头发言改写。

068

现代中国人的集体回忆,可能都和城乡有关。两者作为文化的坐标系统,相辅相成,也互为吊诡。然而,曾几何时,情况变了,在这二十一世纪初期庞大的规划中,城市的分量越来越重,乡村在蓝图中不见了。似乎一切皆以城市——特别是超级大都市——为主导。因此,近年来我的思考反而是把乡村——作为一种历史回忆和文化因素——带回来,成为都市和地区规划的一部分。以前的现代化模式是城市化(urbanization),现在呢?城市人"上山下乡"已不可能,但是否应该把城市发展变得更多元,把中国文化美学中的"田园模式"(pastoralism)用多种新的形态展现在城市之中?或把一个地区(如珠江三角洲)变成一个城乡互动、多彩多姿、适宜人民居住的地方?

"地方"(place)这个英文字,在建筑理论和最近兴起的文化地理学中都有一定的意义。地理学界前辈学者段义孚(Yi-Fu Tuan)就曾把"地方"和"空间"(space)的关系有所阐释:后者是一个空泛的观念词,前者则是一个被赋予文化意义和价值的空间。因此他说:"随着我们越来越认识空间,并赋予它价值,一开始混沌不分的空间就变成了地方。"他又说:"如果我们把空间视为允许移动,那么地方就是暂停(意即沿途的停靠站);移动中的每个暂停,使得区位有可能转变成地方。"①

如果再把这一段话重新演绎一番，我们也可以说地方的意义也不是固定的，而是经由"移动空间"所构成的"暂停性"，也就是段教授所说的"区位"(location)，它可以变成有意义的地方。且让我用一个个人经验作例子：

1970年我初到香港时，还是一个年纪轻轻的讲师，在中文大学任教。抵港第一天下午，友人开车带我游车河，从新界沙田绿油油的原野穿过狮子山隧道，直下窝打老道，沿途看到的是一排排小洋房，略感残旧，但仍保持一种英国殖民风情，最后到了尖沙咀天星码头边的香港酒店。停车后进到中厅咖啡店饮下午茶。这一段"空间的移动"令我对这个地方留下难以磨灭的记忆。记得当时我就下了决心，对自己说：这就是我的城市，它正和我的胃口，以后一定要住在这里。移动的空间使我觉得这个城市有故事。

时过境迁，香港变成了一个高楼大厦林立的"石屎森林"城市，但我还是住了下来。而且故意不在新建的"石屎"大楼居住，反而去租一间旧楼，保持了一点回忆，也想经由我的文化批评文章，为这个城市贡献一份心力。

① 引自 Tim Cresswell, *Place: a short introduction*。王志弘译；台北：群学，2006。

我想不少香港移民,特别是中年以上的居民,都有类似的感受。

如何营造 "移动的空间"? 或者让不断发展的空间添加意义,使得每一个大小的"暂停"地方都各有特色? 这是我对于珠江三角洲地区发展的愿景。

据我看到的相关资料,特别是 2009 年公布的《珠江三角洲地区改革发展规划纲要(2008—2020)》,其出发点是经济和交通,由"第一产业"(农业)逐渐发展到第二产业(工业)和第三产业(服务业),因此"珠三角"早已赢得"世界工厂"的美誉。①具体而言,此一计划的框架是"一脊三带五轴",以发挥珠三角最大的"城市和地区优势,打造强大的网络"②。这一个网络是以交通——高铁和高速公路——连接起来的,"一脊" 指的是从广州到香港和澳门的快速干线;"三带五轴"则是把此一地区的九个城市(广州、香港、澳门、深圳、珠海、东莞、佛山、中山、江门外加部分惠州和肇庆) 以三个横向和五个纵向的交通网连在一起,又有所谓"三环八射"之说:"把城际交通网络,连接珠

---

① 见香港《信报月刊》396 期(2010 年 3 月号)杨汝万教授的大文。
② 见香港《信报月刊》396 期(2010 年 3 月号)第 17 页。

三角所有县级以上城市，届时轨道交通网络密度将接近巴黎都市圈和东京都市圈的水准。"①四通八达，蔚为壮观，其经济效益不言而喻。

然而独缺农村的考虑。乡村和城市如何结合？仅靠交通网够吗？中国以农业立国，文化和意识形态一向以乡村为主，甚至还有革命时期"乡村包围城市"之说。改革开放之后，以小康社会为目标，改以西方现代化为模式，城市为重心。殊不知近年来西方学界对于现代化发展理论口诛笔伐，攻击得体无完肤，人文学者更不停地反思急骤发展模式对与人类生活和大自然之害。甚至据我所知，在建筑学界也早已扬弃了几十年前唯我独尊的"现代主义"。然而近年来由于资本主义全球化的影响，发展中的国家突然致富，大兴土木，为世界各地的建筑师招来大批生意，竞相投标盖大楼，于是遂有所谓"超级现代主义"(supermodernism)之说，这种新的国际风格，以设计的独特和材料的崭新和坚固为特色，成了大都市的坐标，雄霸一方(往往在市中心)，和周围环境不发生关系。②这个趋势

---

① 见香港《信报月刊》396 期(2010 年 3 月号)第 23 页。

② 见 Hans Ibelings, *Super-Modernism: Architecture in the Age of Globalization*, Rotterdam: NAI, 2002。

对于将来的都市规划发展有何影响，尚无定论，但是有一样很明显，就是乡村的因素被撇开了，甚至弃之不顾；另一样东西显得更微不足道——文化传统和历史。因此我不能接受。

我们再来看看"珠三角"的四个城市，香港、澳门、广州和深圳，内中两个以前是殖民地，广州更是有史以来最有历史的对外通商口岸。唯有深圳没有历史。除此之外，"珠三角"又是岭南文化的一部分，这一个持续至今、生生不息的地区文化，有其极鲜明的特色，它基本上是一种衍生自乡村的地方文化，是数百年来南迁的移民流动造成的，资源丰富，不仅表现于粤语和粤剧而已。这一个丰富的文化底蕴，能置之不理吗？此外还有澳门和香港所积累的两种极不同的殖民文化——葡萄牙和大英帝国，以两种迥异的西方传统直接造成本地文化的混杂性，且不论这两个地方的"一国两制"，难道就会被新的"珠三角"并吞了吗？

这一系列的问题，似乎都不在官方规划的范畴之内，抑或是容后再议？然而，对我而言，这反而是与生活在此地的居民息息相关的问题。

且让我谈谈自己的经验。如果把我的个人回忆和臆想编织进去，可能更有趣。

在我的印象中,澳门和深圳恰成对比:一古一今,一个是老殖民地,懒洋洋的;一个是新开发的移民城市,南腔北调,充满了喧嚷。然而我对这两个城市皆心有独钟之处。澳门是香港人的度假村和避难所,一周忙累了,周末偷闲到澳门休假。对我而言,澳门却是"朝圣"之地,我不是天主教徒,但每次到岗顶教堂区和大三巴,我都会立刻跃进十七八世纪的"前现代",感受到巴洛克风的阴魂不散,无论游客多少(我也是游客之一),我都视若无物,完全浸淫在另一个世界之中。这当然和四十年前我初到香港时顺便到澳门一游的经验有关。这个回忆太美好了。就差没有在 Bella Visra(当年还是酒店)过夜。后来又去了几次,是随着香港诗人也斯去品尝澳门美食和美酒,也结交了几个澳门年轻艺术家朋友,对这个地方的文化兴趣更浓。所以对我而言,澳门是一个彻头彻尾的古城,拆迁一砖一瓦都会损毁它的秀丽和特有的"光环"。

澳门的古风,是否和现代化社会格格不入?古教堂和新赌场放在一起是否使得这个城市不伦不类?到目前为止,我还没有感受到赌场市侩气的威胁,只去过一次"威尼斯人"大酒店,在那幢庞大的"模拟空间"(一切照威尼斯仿造)和熙熙攘攘的内地游客群中迷路了,花了整整一个小时才找到原来的入口，大失所望！当然，我不嗜赌，所以毫不感受到金钱的诱惑，心中挂念的反而是市区另一边的古城。

为什么不开一所巴洛克风、蒙特卡罗式的贵族赌场？入场须要衣冠齐整，说话细声，背景是古画，角落里有穿着古装的乐师演奏维华第，难道这是幻想？

近阅一本英文书，名叫 *Walking Macao, Reading The Baroque*（《散步于澳门：阅读巴洛克》），由两位原属港大的学者 Jeremy Tambling 和 Louis Lo 合著，图文并茂。该书除了包括大量彩色照片外，还有不少饶有风味的文化论述：作者认为巴洛克的风格其实可以和"后现代"接轨，因为二者都可以"解构"现有的现实所呈现的规则和秩序，而令人意乱情迷；它和现实也是一种"拼凑"（pastiche）和互动，以其不合（现代）常规的方式来讽刺现实；它本身也是多元的，有棱有角，更多装饰性的折叠（fold），充满了光影对比；它表现了一种"夸张"（conceit），令人心旷神怡。难怪像我这种看惯了也受够了香港"石屎森林"房地产建筑的人感到一股清新之气——古屋愈旧，愈感觉新鲜，因此我也乐此而不疲，近十年来去了澳门无数次，甚至想买幢旧屋住下来，可是没有钱下订金。

澳门令我有无穷的遐思臆想，因为它成了整个地区的独特景点，一个阴魂不散的城市。深圳呢？恰因为这个"边境城"没有历史回忆，所以人人都可以在此制造历史，端看你如何着手。是为了生活还是为了"赚快钱"？我常向深圳朋友说:赚了钱以后又怎么样呢？还是要生活！因此我认为深圳是一个最有资格打造生活品位的城市。这也许是一种"小资思想"，但不限于"小资"，我反而更重视一位人类学家所说的"创意人士"①，这一个观念并不完全等同于现在很时髦的"创意工业"(其目的在于赚钱多过创意)，而含义更广，包括各种"创意活动"的职业，如艺术、设计、摄影、电影制作、音乐、写作和厨艺等等，一个国际大都市(如纽约)必是这类创意人士集中之地，也须要用种种方法来吸引这类人才。我认为深圳有这个条件，澳门反而显得单薄。

深圳本来可以和香港结为"创意双城"，事实上已经举办了三届双年展，但香港政府对此兴趣不大，没有深圳有关当局热衷，我猜后者因为是新开发的城市，所以没有包袱，也没有过度的官僚系统，正可以大展鸿图，在创意的

---

① 见 Ulf Hannerz, *Transnational Connections:Culture*, *People*, *Places*(Routledge, 1996)第 130 页。

层次上营造一个"新城",并以此和"一脊"的二轴(香港和广州)连线。

当然,这可能又是我的臆想,毫无实际效用。但我也可以举出一两个实例:多年前我曾受邀去参观一座深圳新盖的豪宅,开幕典礼却用毕加索画展来做广告。据主人说,租运这些画的价钱比广告的费用还低廉!这就是一种"创意",为什么香港的众多亿万富翁地产商没有想到这一招?我还有一位广州来的朋友,在深圳开了一家别开生面的书吧,我欣然应邀参加每周六下午举行的"文化沙龙",记得有一次我特别向在座的深圳文化界人士介绍荷兰建筑师库哈斯(Rem Koolhaas)的理论和他的巨著《大跃进》(*Great Leap Forward*,中文译本即将出版),这是一本专门研究珠江三角洲的实地调查报告,由数位库哈斯在哈佛的高足在他指导下撰写,总其事的是现住上海的建筑师刘宇扬。这本英文书已出版多年,但深圳的文化界竟然还没有听过!当然那个时候库哈斯的名气尚未因"中央电视台"的设计而远播到中国。

以上这几个例子都代表一种"开端",如何"持续发展",则有待众多有心人士的集体努力。但大家必须对自己的城市有个共识。香港目前的问题正在于朝野没有共识,甚至南辕北辙,政府和民间根本说不拢。所以我常说:都市规划和建设,必须聚集三方面的人士,缺一不可:政府、营造商和社会中的创意人士,后者更应该是全民的代表,绝不能变成前二者的附庸或佣庸。这可能又是我的臆想。

谈了三个城市,还没有谈广州,因为我对广州的认识最浅。第一次来广州不过是七八年前的事,受中山大学之邀到校演讲,讲堂就是当年孙中山演讲的旧厅,我不禁肃然起敬,最近又在同一地点参加广州市政府主办的一次都市文化会议,总结亚运后的经验。

对我来说,广州是一个革命圣地,乃国共两党所共有,所以充满了现代史,我们甚至可以说它是现代民族国家的奠基之地。但广州也有其西化的一面,沙面的洋楼旧址就是一个见证,还有更老的"十三行"商埠。这一个历史背景使得广州在岭南一向占据主导地位。直到 1949 年后,广州反而落在香港之后,大批难民从上海和广州流向香港,也造成后者后来的繁荣。这是人人皆知的史实。

然而曾几何时,在十九世纪末和二十世纪的前半叶,至少在岭南文化的大版图(包括经商)中,广州还是"主人",香港是主人的"二奶",这和数年前的港人"包二奶"现象恰好相反。在当年的华人眼中,香港还是一个边城夷地,最多是"揾食"之所,而非故乡。庶几何时,这个历史和文化的脐带被政治切断了。记得在七十年代我初到香港的时候,从新界大学站坐火车到罗湖边境,遥望神州,当时还是"文革"末期,只见彼岸隐隐有红旗飘扬,还有一队农夫在田里集体工作,但看不清指挥的党干部。真是神秘之至。当时在我心中涌起的彼岸城市,不是深圳而是广州。

这一切都改变了。新的珠三角主导权在谁手?据闻香港和广州颇有争论,争做龙头。先是香港看不起广州,现在情况适得其反。但此种争论也已过时了,在新一轮的珠三角的发展地图上,这两个城市只不过是两个大黑点。诚然,目前还有不少"粤港经济合作"或"粤港澳紧密合作区"等计划,但背后的大远景还是珠江三角洲。

我在一篇访问香港政务司长唐英年的报道①中发现几则琐闻(但显然也是大事):有一个"先行先试"的说法:香港计划发展深圳"前海"区,因它位于香港和深圳两个机场之间,正考虑"建一条轨道,十分钟便可以连接两个机场";前海也可以成为一个口岸,在此"办好登机手续,便

---

① 见香港《信报月刊》396期(2010年3月号)第57—60页。

可以到全世界去"。另一位广东高官要发展珠海附近的横琴岛,建成一个"携手港澳,服务泛珠,区域共同,示范全国,与国际接轨的复合型生态化创新之区",将来港珠澳大桥建成后,"将会形成香港迪斯尼主题游乐园区——澳门旅游博彩——横琴商务休闲这一条龙旅游及消闲服务产业带"。[①]这么一来,横琴和前海是否又成了互相竞争的对象?而珠海/澳门和深圳/香港是否也竞争起来?到底谁是龙头?妙的是双方不约而同以旅游消闲的服务和消费为主要发展目标——先游香港迪斯尼乐园,再去澳门赌博,累了再去横琴做"商务休闲"!至于这三个地方的文化品质是否值得一游,则另作别论。

　　一般没有钱去旅游消闲的"劳苦大众"和低消费居民又如何?也许将来人人致富,已经没有穷人了,即使如此,整个全民的日常生活又会受到什么影响?是否每一个人的生活愿景都是:"在东莞居住,到香港上班,在广州观赏文化表演后,搭夜班火车回香港睡觉"[②]?人老了不想动怎么办?没有钱坐高铁怎么办?

　　以上所述的这一切规划蓝图和远景,都是以"小资"为

---

① 　见香港《信报月刊》396 期(2010 年 3 月号)第 24 页。
② 　见香港《信报月刊》396 期(2010 年 3 月号)第 19 页。

主的"小康"社会为基础,以物流、货流、人流的经济考虑为优先,在这个"美丽的新世界"中,四通八达的交通使人们的行动速度加快,工作效率加强,但生活的本质是否快乐?这个"快乐"问题似乎没有人提出来,也许很虚无缥缈,不值得讨论,那么人的生活意义和价值又在哪里?

我是一个人文主义的学者,不是都市规划专家,对建筑也是外行。我的思考出发点一向是生活的意义和人的价值,因此我心目中的珠三角蓝图不是以交通干线和城市据点为主轴的,而是像一个绿色的棋盘,或是数个大小不一但互相交错的小圆圈,这些"移动的空间"构成了一个多元性的生活网络,而交通干线仅是其互相联系的工具。

绿色代表绿化,也就是环保,目前是全球化影响下的首要任务。绿化当然和"石屎森林"式的建筑概念相反,它要把乡村式的田园美学带进城市,使得大小城市之中有乡村式的居住环境。资料显示:到了 2020 年,中国人口至少有 60%会居住在城市,所以"城市化"必不可避,但这并不表示解决都市人口稠密的方法只有高楼大厦的"石屎森林"。

我希望将来的珠三角都市不要学香港。

深圳反而变成了一个至为关键的试验场。

我偶尔翻阅到《城市中国》杂志第 12 期的一篇文章,

是一位日本建筑师上原雄史所写，题曰《新农村=城中村》，全文从一个深圳发展期间被拆迁的蔡屋园渔村说起，提到城市中的农民生活的转型，最后的结论是："农村的生命力可以塑造新中国的都市风格，每一个人生活所在的都市风格。"[1]这个风格是什么？文中只提出一个建筑方案，但没有细述。这段方案的主旨是："混合不同的建筑类型以便容纳每个人。城中村将被重置成棋盘式纹理以提供廉价住宅。"这只是一个开始，没有谈到其他。

另一位建筑师——港大教授杜鹃——在该刊同一期中讲得更清楚，她说深圳本有几千个自然村落，政府廉价收买了住在此中的农民土地，农民在自家宅的基地上建了违章廉价租房，建了拆、拆了建，形成"城中村"，它比起为车辆规划的深圳更有"人性化的关系、合适的尺度、多样的功能"，也更具有"亲和力和方便度"。这些城中村怎么处置？"是以改造之名根除还是保护发展？这不仅是市政面临的挑战，同时更是研究中国城市发展和农村变异的课题。"[2]

---

[1]　见《城市中国》杂志第 12 期(2006 年 9 月 15 日出版)第 85 页。
[2]　见《城市中国》杂志第 12 期(2006 年 9 月 15 日出版)第 86 页。

前文提到把乡村带入城市的灵感，就是得自这个实例和这两篇文章。当然我赞成把"城中村"变成一个将来珠三角整个区域发展的课题，我甚至还要加上一个我所谓的"田园美学"的层次。改建的廉价屋照样有美学价值，端看你用什么材料，如何设计，如何将之变成公共建设的一部分。甚至可以把"城中村"变成城中的花园和菜园。至少我知道，香港有不少洋人和"小资"喜欢住在像南丫岛、赤柱、西贡或新界北部的村落地方，可以享受田园之乐。这些社区，现在也成了香港的"后花园"。

我曾读过名建筑师 Richard Rogers 所写的一个小册子 *Cities For A Small Planet*，内中有一句话："建筑应用理性思维提炼出美感；建筑是知识和直觉、逻辑和精神、可以衡量和不可衡量之间的互动游戏。"这句话发人深省，因为 Rogers 在所谓功能主义之外又提出美感的因素。他曾为上海浦东提出一个有创意的规划蓝图——以原来的陆家嘴村为基础，建成一个居住和商业中心区，向外发展，形成一个有公园和公共空间的大浦东，并以公共交通连接。但这个方案未被有关当局采纳，最后实施的规划是以金茂大厦为代表的金融区为中心，并不顾到生活的质素问题。我每次到上海，都尽量不去浦东，有时坐的士穿过，看窗外的高楼大厦"移动空间",觉得毫无情趣。

　　以上这几个例子,只是证明我的臆想并非空中楼阁。"珠三角"还是一个待发展的大区域,如何将之和生活结合在一起,并赋予美学及文化上的意义,反而是我最关心的课题。这又牵涉到我们对于"历史遗产"或文物保护的态度问题。

　　我个人的想法是:文物不能只靠年代或名声来定位,它是我们集体回忆的重要指标,甚至可以帮助我们营造回忆。目前开始有人提倡的文化旅游就是一个例子,但绝不止此;联合国颁布的"物质文明"或"非物质文明"遗产也不仅为了促进旅游而已。我认为历史回忆和文化遗产是人类精神生活的重要部分,它早已为我们织造了无数故事,我们生活在其中,耳濡目染,在心灵上才产生承先启后的意愿。每个人都可以把自己的生活圈扩大,并从这些文物古迹中找寻乐趣,甚至丰富知识。和古人交往,只能算是"神交"——必须每一个人直觉地去体会,去捕捉已逝的文化阴魂。这种行为之所以成为必要,正是因为我们生活在一个逐渐失忆的后现代社会,一个没有故事或不知如何织造故事的世界。所以我认为都市规划和地区规划应该加上这一环。

我们试想一个香港人返乡探亲，除了和住在广州的亲戚相聚之外，是否也可以顺便去韶关看看？当年"六祖"慧能在此修炼证佛道；一个天主教徒更可以去肇庆踏寻利玛窦的踪迹，然后回来路经东莞附近的古堡（据说也是硕果尚存的古建筑），发点怀古之幽思，原来自己就生活在这些伟大幽魂保佑的"圣地"。抑或绕道到惠州，凭吊一番孙中山当年的惠州起义，抑或乘船到海南岛（已在珠三角之外）去休闲，不一定去打高尔夫，但住在五星酒店也可以想想当年苏东坡被放逐到此的境况。这一切都是奢侈吗？我认为可能比另一种奢侈模式："香港迪斯尼——澳门旅游博彩——横琴商务休闲"更有意义。

如以这种角度构想，澳门则更显得重要了，它的存在就代表了历史的投射，令古代巴洛克的余光反照到当今珠三角的其他城市。如果这种说法太过抽象的话，我们不妨设想一个住在东莞的商人经珠海到澳门，趁着"博彩"之便，到旧城教堂区去逛逛，甚至到岗顶小剧院看一场表演，到玫瑰教堂听一场音乐会，再搭捷运快艇到香港去住一晚，第二天散步到上环或西营盘去吃粥和油炸鬼，饮杯奶茶……难道这种生活方式比不上到横琴岛做"商务休闲"？横琴岛有什么可看的？目前中国小资大讲"品位"，这就是品位。

我承认：本文所陈述的都是个人选择，和前面提到的《珠江三角洲改革发展调查》的精神背道而驰，但至少可以作为"参考资料"。

编者嘱我写一篇从个人观点和经验出发的四个城市故事，不觉拉拉杂杂写下这篇冗长的杂文，不成体统，望有关专业人士见谅。

台湾印象

　　上个月在台湾小住一月，可谓得其所哉。我在台湾长大，多年流浪在外，所以每次回台湾，都有异乡人回家的感觉，然而依然是异乡人的成分居多，家的感觉较为稀薄。这次是纯粹作研究的，至少住四个月，所以"居家"的意味浓了一点，不作过客，试着变成本地人。由于最近几年把香港作为家，所以在台北南港的宿舍勉强算是第二个家，但内心深处，这种似家非家的心情很微妙，也很矛盾，使我很难对台湾作客观的观察。早有不少内地和香港游客说过：台湾人保存了一种中国固有的文化传统，有礼貌，有人情味，态度温和，让人宾至如归。一点也不错。我也亲身体验过。每次搭捷运（虽然机会不多）必有人让位，令我受宠若惊，因为这种情况在香港地铁几乎从来不会发生（近来倒是有一两次例外，让位给我的说普通话，像是内地客)！港人上车前排队很守规矩，但车一到必争先恐后抢位子，而年轻人却最喜欢站在车门口，似乎故意阻挡别人进出。我住了这么多年，至今还不习惯。香港人行色匆匆，分秒必争；台北人好整以暇，生活在自己编织的日常生活世界里，不慌不忙，衣食住行，都似乎悠闲得很，特别是青年男女，更是如此，说起话来，软绵绵的，连连锁店的店员道声"欢迎光临"的时候，节奏和韵律都是轻轻的小快板，而把重音放在"光"字上面，令顾客——至少像我这样的顾客——感觉既亲切又有点"异味"，和粤语腔调大异其趣。

我每到台湾，感觉最深的就是语言：海峡两岸的中文，距离越来越大了，虽然都听得懂。语言是文化的表征和符号，目前海峡两岸的中文早已大相径庭，书写有繁体简体之分，口语的重音和词汇也颇有差异。且举一个和我个人的日常生活密切相关的例子。我在台北听古典音乐电台，开始的时候竟然听不太懂，西洋作曲家的名字，经过台湾式的华化以后，连音节也变了，有点"不中不西"，播音员软绵绵的调子像是在唱歌，但似乎又有点"走调"。在这个宝岛，人们似乎生活在一个与世隔绝的"乐土"中，太舒服了，我发现即使是大学生，似乎对台湾以外的世界，包括美国的兴趣都不大;近年来我在讲学时必先问在座学生:有多少人最近几年出过国,包括短期旅游,每次举手承认的学生都寥寥可数。台湾学界的同行学者告诉我,甚至申请出国留学的大学生也少多了,和我当年毕业时全班同学一窝蜂申请留美的风气大异奇趣。有时我借机问学生为什么不想出国?他们也答不出来。难道台湾什么都比外国好?难道年纪轻轻已经没有对其他文化的好奇心?难道"小康"的日子过得太舒服了,已经失去闯荡世界的冒险精神?我发现台湾社会在自我认同之余,不知不觉地开始"内向"(inward-looking),甚至自我陶醉,不管外边的世界(当然中国内地除外),不够国际化。而世界其他国家似乎也快把台湾遗忘了,欧美各国都以中国内地"马首是瞻",一切向钱看!只有少数外国人反而对台湾特别有感情,时常来访,甚至在此定居。我在台北见到的洋人大部分属于此类。作为一个台湾人,如何应付资本主义全球化的威胁和挑战?这是我目前为台湾思考却尚未得到答案的问题。

香港诚品

从台湾返港不久，就迫不及待地到新开张的诚品书店参观。时当夜晚，华灯初上，铜锣湾人潮熙熙攘攘。好不容易找到诚品所在的商场，原以为在楼下，不料仍需搭电梯扶摇直上八层楼。我的老花眼怕光，一进商场就被铺天盖地的霓虹灯照得目眩耳昏，赶快带上黑眼镜，在各家名牌商品店中穿梭摸路，也看不到诚品的招牌。

好不容易上了电梯，一不小心，按错了键，直上十二楼，出了门又要搭自动扶梯下来，像是坐游乐场的摩天轮，急转直下。老婆有惧高症，看到玻璃窗外的花花世界，大呼"我惊"！我想从后面扶她一把，却差点连自己也摔了下来。真像在演一幕二十一世纪的刘姥姥进大观园。惊魂甫定，总算找到了诚品，顿觉进入另一个幽暗世界，只见四壁整整齐齐摆满了书，眼前身旁也堆满了书，然而就是看不清书名,雾里看花,光线太暗了!似乎故意和楼下商场的霓虹灯打对台,令我一时不知身在何处。在书柜和人丛中游荡数匝之后,我才发现这家诚品的装潢其实保持了台北诚品的风格,是我自己一时"错位"了,我妄想寻回一点它所代表的台湾人文气息,却忘了这里是香港。这片"小台北"被架空在楼上,脚下不是纯朴的台湾人情乡土,而是无所不在、无孔不入的资本主义香港市场。它又像是一小座"空中花园",只不过还是被商场包围得密不透风。而这座新建的商场,模式和旺角的朗豪坊和尖沙咀的 The One 如出一炉,在有限的地面空间拔高而起。这种建筑提供的是刺激和欲望,甚至故意带给你一种不稳定的感觉,让你失落在一座外星球上,对我而言,实在不敢领教。然而在这个故作虚幻的商场世界中树立一个"诚"实的文化品牌,又谈何容易。什么是诚品一贯的特色?从我这个老顾客的立场看来,至少表面上有两点:品位和气氛,两者都需要书本以外的东西陪衬。它不见得要卖书,却要培养一种阅读风气,导致买书;它让年轻人有一个歇脚的地方,甚至可以随意从书架上取书来读,坐在地上也无妨。台北的敦南店尤其如此。然而在香港,空间如此逼迫,又如何坐得下来?敦南店里柜台旁边就是咖啡店,付完账顺便喝一杯，或与友人相约在此会面，或到地下一层的小吃店用餐。把书本、阅读、社交和消费连在一起，是诚品发展的秘诀。其目的则是寓文化于日常生活之中，并提高其质素。在香港如法炮制，行得通吗？

台湾的商场并不发达，文化并没有完全被商场所包围，而自有其独立性。诚品每年举办无数场演讲、座谈和其他文化活动，吸引了不少人参加。有一位建筑师朋友在诚品竟然开了一门建筑课！他需要的书籍和教材，诚品不惜从美国运来以专柜方式发售，连我这个外行人也沾光学到不少。当年《中时》和《联合》两大报所做的文化事业，现在几乎由诚品一手包办。"校园内不能开的课程，在诚品开！"在台湾做到了。香港呢？当晚我看到一位来自台湾的文化人坐在一个"座谈"（Forum）角落演讲，但场面和敦南店的相比则是小巫见大巫了。诚品改变了台湾的文化环境，台湾的文化环境也改变了诚品，这一切看来顺理成章。香港呢？诚品如何在铺天盖地的商品中先站一席地（目前做到了），再设法发展，改变香港的文化环境，而不被它吞没，这个任务就艰巨多了。望诚品好自为之。

侠女江青

　　江青的新书《故人故事》即将出版,她从纽约突然打电话给我,请我参加 2 月中在台北书展的新书发表会,可惜我因课业关系无法抽身前往,遂自告奋勇,愿意为她写几句话推荐。不料在她督促之下,这几句话竟然变成了一篇小序。其实我哪有资格写?她的各界朋友太多了,从演艺界到工商界到知识界的风云人物,车载斗量,本书中就包括李翰祥、胡金铨、方盈、张美瑶、张大千、黄苗子、刘宾雁、董浩云、俞大纲、高信疆……这些名人各个喜欢江青,在她的真性情感召之下, 都不自觉地变成了她的好友和支持者。我不敢高攀,因为在我的心目中江青永远是一个真正的"侠女",既然她在书中处处描写别人,也该让别人写点她的故事。其实我也没有资格写,只能以朋友身份写点对江青的观感和看完本书后的读后感, 不料连自己的回忆也写进去了。江青是我多年的老友,早在上世纪七十年代初她只身来美国闯天下的时候就认识了。当时我在普林斯顿大学初任教职,常去纽约听音乐会。同事高友工教授向我提起江青这个名字,我当然知道。谁不知道她是大明星,而且是演过《西施》的大美人?然而当时我对台港的影艺界有一点偏见,觉得是"非我族类",除了老友胡金铨之外,我一向避而远之。时在西岸加州大学柏克莱分校任教的郑清茂再三向我保证,江青早已洗净铅华,离开谣言满天飞的台湾影坛,来美国发展她真正喜欢的艺术——舞蹈,而且重新开始,最喜欢和我们这些学界人交往。在纽约见到她以后,发现果然如此。更难能可贵的是她性格直爽,完全是性情中人。于是我跟随高友工也"混进"了江青的朋友圈子之中,有时还陪她去林肯中心欣赏各种舞蹈表演,观后高谈阔论,不知不觉之间学到很多东西。最令我难忘的是江青在她那间斗室开的派对,每次都是高朋满座,大家挤在一起,饮酒作乐。纽约的画家各个放荡形骸,喝了几杯之后更是口无遮拦,辩论起来更是面红耳赤,就差没有打架。此中的佼佼者、几乎无人可敌的反而是我的学界同行——女中豪杰陈幼石。她也是江青的挚友,听到略带"大男人主义"的言论必起而应战。这本书中提到的大画家丁雄泉，就曾是她的手下败将。江青心存忠厚，在怀念丁雄泉的文中只说"坏来西丁"和这位她的女友"针锋相对，你一言她一语顶撞起来"，但未提她的名字。我想即使我提了，幼石也不会见怪的，因为她也是一位真性情的"奇女子"。和这几位奇女子交朋友，对我来说既有心理压力又觉得痛快之至。那群纽约艺术家大多是自愿流浪到纽约的穷光蛋，直令我想到普契尼的歌剧《波西米亚人》。去年看了伍迪·艾伦的影片《情迷午夜巴黎》，看得眼泪都快流出来了，出奇的感动，这部影片又使我忆起在纽约见到的这些"浪人"艺术家，后来各个都成了名。数月前在台北美术馆看到丁雄泉的画展，不禁想到江青在纽约做"沙龙"主人的那段日子。12月初到高雄讲学，偷闲到高雄美术馆看达利(Dali)的画展(《午夜巴黎》中就有他)，看完和妻子到楼上参观，闯进了柯锡杰的摄影展，不禁又想到在江青家里初识时他那副到处和人拥抱的童真样子。在展览馆的一间暗室里看到他拍的一系列华人艺术家的放大照片：丁雄泉、韩湘宁……还有林怀民，当然还有江青，不禁大为兴奋，向身边的老婆指指点点。其实，我那个时候不过三十岁出头，阅历有限，承江青之邀，只能作壁上观，大开眼界，但没资格参与狂欢。昨天一口气看完江青的这本新书,又百感交集,更怅然若失,因为书中的有些人物已经作古,当年纽约的"波西米亚"聚会,在江青离开后也烟消云散了。后来我自己也离开东岸,到中西部的印第安纳大学另闯天下,和江青见面的机会也少了。偶尔从友人口中听到她非但事业有成,而且结了婚,夫君比雷尔是瑞典医学界的名人,我好像在江青的派对中见过他,依稀记得有一个洋人对她情有独钟,喝得半醉,不停地叫江青的名字。真没想到如今连比雷尔也仙逝了。书中《三毛陪我们度蜜月》一文,情词并茂,读来莞尔,还附了他和江青在里斯本的结婚照片,内中这对俩人真是潇洒之至。套用一句俗话:非但有情人终成眷属,而且江青好心有好报!我移居香港后,和江青失去联络,不料几年前在湾仔一家餐馆偶遇江青,她才告诉我夫君已逝,又令我想起九十年代初在他们的瑞典小岛做客的情景。记得我适在斯德哥尔摩开会,江青只请了三四个好友到她家(内中有高友工)度周末。我因水土不服染了伤风感冒,当晚大家畅饮红酒,比雷尔见我鼻水直流,连打喷嚏的狼狈样子,站起来说:"我有妙药可以治你的伤风,就看你敢不敢试!"原来是芬兰桑拿浴。我还是中年,哪有不敢的道理?只见江青在一边偷笑,原来高友工早已退缩不前了。于是比雷尔带了我们两三个壮汉，直奔桑拿浴小屋，洗了个大汗淋漓，比雷尔又一声令下，叫大家脱得精光，直冲出来，在深秋的凛冽寒气中，他身先士卒，一头跳进旁边已经结冰的池水里！原来冰块中间还留有一个小洞，我到此也只好硬着头皮随他跳了进去，几分钟后回家更衣，竟然发现自己的鼻子也不塞了，浑身舒畅，伤风果然治愈了。读到书中《隔海近邻》一文，让我忆起比雷尔——一个扎扎实实的瑞典汉子。那次他亲自划船带我们在岛外四处游览，我记忆中的比雷尔就是照片中那个样子。这位诺贝尔医学奖委员会的成员、高级知识分子，照样脚踏实地，和邻居相约捕鱼，如今他竟然作古，我至今不能置信。走笔至此，才发现这篇小序写得太长，啰啰唆唆，有点离谱，但结束前不得不提书中的两位大导演——胡金铨和李翰祥。此书中的影艺圈中名人，我都不认识，但金铨倒是我的挚友，江青文中所描写的金铨是他的一面；我在香港和洛杉矶见到的金铨，是他的另一面，刚好凑在一起，拼成一个真正的艺术家画像。至于大导演李翰祥，我则无缘认识。江青把怀念李翰祥的文章放在最后，是有道理的，因为她和李导演既有缘又无缘，文中字里行间都是欲言又止的情意，使我们这些局外人得以窥见这位大导演怀才不遇的一面。最后两家人竟然在香港一个餐馆偶遇，简直像电影的场景，如果张爱玲再世，说不定会把它编成小说或电影剧本。江青自息影以来，据我所知只"演"了一部影片，就是去年陈耀成拍的康有为纪录片，最近在海峡两岸放映，引起不少争论，但很少论者提及江青自己在瑞典的艺术生涯和康有为的"对位"关系。她在片中作口述者，不但介绍了康有为流落瑞典的经验，也说到她自己，时空交错和转移之后，和她在本书中所扮演的叙事者角色倒有几分相似之处，让我们看到江青多年来在欧美舞台和艺坛的奋斗经验。华人世界多讲华人事，但江青的世界却是超越了华人，她的舞蹈艺术也融合了东西文化，但永远植根于中国传统。我非行家，不敢妄评，但迟早会有艺评家为她著书立说的。我忝为她的众多好友之一，并且有幸为她写篇小序，除了汗颜之外，只想借此向这位侠女表达一点敬意和欣慰之情。

忆也斯

也斯去世的消息，来得有点突然。编者于昨晚将近深夜时分打电话通知，要我写篇悼文，我一口答应。今晨起身后，想动笔写点随感，一时却不知从何说起。最近几个月，我和妻子倒是和也斯以及他的夫人时有联络。我们早知道他和肺癌搏斗已有三四年，但斗志不懈，中西药并用，我老婆趁机教他从台湾学来的"平甩功"，对老年人的身体保养大有助益，他也乐于从命。最近他还送了我他的新书：《后殖民食物与爱情》的修订版。一个多月前，他参加港大为他举办的《形象香港》新版的发行仪式，头戴小帽，面色看来憔悴，但依然兴高采烈。圣诞前后他还在电邮中说请我为他的新课代课的事，可见他自己对生命前程毫无放弃之意。

他的众多友人以《也斯告别人间滋味》为题公布他的

死讯,倒是十分切题,因为也斯一辈子眷恋今生今世的各种人生滋味,从未提到来世。这一种"世俗"味,也成了他作品的特色。香港是一个世俗味极浓的大都市(如今却几乎堕落到市侩的地步),但在也斯作品的世界中,却是色、香、味俱全,也是吸引我从海外"回归"香港(而不是台湾)的理由之一。记得上世纪末在美国任教时,想让学生从书本上接触到一点香港,我选的第一篇香港短篇小说就是也斯的《超越与传真机》,而且用的是英文译本:*Transcendence and the Fax Machine*。读来令人忍俊不禁,因为它呈现的是一个知识分子生活在物质文明猖獗的香港的一种无奈感,故事中的主角是个学者,写了论文,想传给国外的学者联络,不料传真机传回来的全是各种商业广告!学生看完说这简直是超现实主义的黑色幽默,原来却是真的。直到今天,我每次手写一篇文稿用传真机传给报纸编者,必会收到一张修补机器的广告。最后实在受不住了,只好自己学电脑打字。

我曾经有次公开说:我对于香港文化的认识的启蒙老师就是也斯。带我认识澳门的也是也斯。他的"教学"方法很简单:食物和漫游。以前我每次访港,他都带我到各种小食铺和餐馆,中西都有,让我体会到香港的真正"味道"。这也是他诗作的特色之一,例如《东西》和《带一枚苦瓜旅行》中的"食事地志";然后经由食物带我观看香港的旧屋、旧物和旧街。他的作品为这类旧事物罩上一层美的光环,让意象式的文字直接唤起历史的记忆。记得1989年有一次在新加坡开会,并担任文学奖的评审。大家心情都非常郁闷,因为恰逢学潮,电视上传来北京一片萧条,我们为学生担心,哪有心情想其他的事?几位来自港台的作家,各以不同的方式表达心中的不满,有的慷慨激昂,有的唉声叹气,唯有也斯依然保持冷静。轮到我们这些评委上台演说时,也斯读了一首诗,记得主题是旧家具(《想象香港》中收有此诗),表面上和天安门毫无关系,但我听后本能地觉得寓意深远,它从侧面颠覆了历史的事件和"大叙述",将今日纳入旧时的记忆/遗忘的回旋吊诡之中, 似乎在暗示:几十年后还有谁会记得? 在大潮流里沸腾的人,说不定时过境迁之后反而忘了,又被卷入另一波大潮流;唯有留恋"旧"家具、小东西的人才会保存历史的记忆。至少这是我当时的本能解读,可能是误读,不见得对。然而如今思之,何尝不是如此?

也斯创作的另一个特点是他的 "国际性"(cosmopolitanism),尤其是他的散文和小说,永远是把香港本土置于

101

一种心灵的国际版图之中,叙述的方式就是游荡和流浪。又好像把波德莱尔(Baudelaire)的"都市漫游者"(flaneur)化为香港人——也斯的自画像。记得他寄给我一本书稿要我作序,书名《布拉格明信片》,我读后深有同感,因为我也曾在欧洲浪游过,布拉格也是我心爱的城市,曾数度重游。我甚至还写了一篇"唱和"的回信,调侃他的啤酒癖。哪一个诗人不嗜杯中物?食物和酒是分不开的。我认为也斯是所有香港作家中吃过的各种美食最多,旅行最勤、也最有国际视野和多元文化敏感的人,甚至他的诗背后都有另一种的指涉和典故,语意双关,所以最适合翻译。他的作品早已被译成十多种外国文字。[①]

我认为最能代表也斯小说的就是最近出版的《后殖民食物与爱情》,也是他以前作品总其成之作。所谓"后殖民",在也斯的语汇中不是抽象理论(他常对我说:理论看多了就想回到创作),而是当今我们的处境——它的轴心依然是号称"亚洲国际大都市"的香港。"食物"加上"爱情"的配料,呈现的是一种"浪漫之余"的无奈和反讽。然而也斯并没有把小说沦为玩世不恭的"后现代"文字游戏,他的

---

① 见《香港文学外译书目》。

小说世界依然充满了温暖的人情味;他不像张爱玲,她笔下的香港是为上海人写的;也斯却是道地的香港人,无论他或他小说中的人物流浪到何处,也永远回归香港。

如今他已离开我们,告别人间滋味,浪迹天堂去了。值得他的众多好友告慰的是:在他生前,大家不约而同已经肯定了他的成就,给予他多个文化界奖项,为他举办了多次讨论会和庆祝活动。他已经进入香港文学史,不论你喜不喜欢他的作品,我们甚至可以断言,也斯是自刘以鬯以后,对香港文学最有贡献的作家。

永远的《今天》

现代性是短暂的、临时的、瞬间即逝的；它是艺术的一半，另一半是永久的、不变的。

——波德莱尔

回想《今天》杂志，我不禁又想到了波德莱尔的名言。当《今天》以油印的大字报形式第一次出现时，谁会预料到它竟然能如此持久？从二十世纪直到二十一世纪的今天！反而我觉得我们生活的现在是短暂的、临时的、瞬间即逝。《今天》杂志已经成为历史上的里程碑。数年前，当有心人把早期的《今天》重印成册，北岛送我一套，我拿在手里，顿觉它是意义珍贵的"艺术品"。能和《今天》结缘，与有荣焉。

犹记得三十年前我初见北岛的情景，至今印象深刻。

1980年我第一次到北京,表面上是为了公务:代表当时任教的印第安纳大学出版社和北京外文出版社商谈合作业务,但私底下最想见的反而是海外不知名的新一代作家。北岛的名字,我还是从一位来自中国的学生口中听到的。"朦胧诗"这个名词第一次在中国文坛出现,我当时很好奇:到底这些"朦胧"诗人写的是什么?为什么叫作"朦胧"?有什么大不了?最多还不是现代诗的代名词?台湾五十年代就有人讨论现代诗了。只有在当时中国内地特别的政治环境下,才会产生有关"朦胧诗"的辩论。因此我在未见北岛和他们这些朦胧诗人之前,早已同情他们的处境了。

我在印第安纳大学的那个学生有一个住在北京的好朋友,名叫陈迈平,他认识北岛,而且是"亲密的战友"。这个关系可遇而不可求!于是我一到北京,在友谊宾馆住定,就和迈平联络,约好见面,并且请他带北岛同来。

那次见面像是电影中的一幕:记得是先到迈平家,然后北岛才来会合,偷偷摸摸的,不敢告诉同行的美国同事。至少在我心目中他们还是所谓"地下作家",心情紧张,但他们两人完全不当一回事儿。记得迈平平易近人,而北岛倒真像一个"地下领袖",个子高高的,说起话来有条有理。他和另一位年轻作家——怎么来的已经不记得了——展开激辩：一个说文学永远要为社会说话，为民请命；另一个说文学必须回归自己，回归艺术。后者当然就是北岛。我心里同情他，但觉得他这种看法根本在中国不可能生根。回美国后，我还应约用英文写了一篇《北京通讯》(*Letter from Beijing*)，发表在一本著名的文学杂志 *Partisan Review*，文中故意用"Mr.A"和"Mr.B"作为代号，怕连累到他们的安全。

事后证明我那时候的看法大错特错。我在八十年代初接触到的中国文坛(我也结识了不少老中青三代作家，包括刘宾雁、王蒙、谌容、张洁等，还有几位作协和文联的负责人) 已经开始松动，各家各派对文艺的意见差别很大，但不少作家还是心理压力很大，不敢畅所欲言；反而是北岛这帮年轻人无牵无挂，勇于创新。《今天》初期的文艺主张，现在看来，实在没有什么大胆之处，然而那时文坛的"今天"毕竟担负了太多过去的阴影，还不敢展望将来。《今天》杂志所追求的其实就是"现时"——而不是当时的社会"现实"——的感觉，以及它所孕育的艺术上的可能性。早期《今天》所刊载的诗和小说，都是在捕捉这种个人的、内心的、"现时"感，而不是重蹈"五四"写实主义的传统；所以必须用一种新的语言来描写。但这种语言并非从天而降，也不是直接从当时的西方"移植"过来的[至少他们对于外语的掌握还是有限，和俄国诗人Joseph Brodsky为了读英国诗人奥登(W.H.Auden)的诗而自学英文的情况不同]。我多年后追问北岛，才知道原来他们在"文革"期间看过不少只供内部阅览的"参考资料"：内中就有不少先辈大师们翻译的西洋现代文学作品。这段文学因缘，还有待学者仔细研究。我只不过立此存照。

八十年代末的关键时刻，"八九动乱"发生了，它的直接影响，就是《今天》也跟着北岛移植海外，先是艾奥瓦，后来又到了香港。对作家而言，离开了国土"中心"，几乎无所适从，各种变态心理随之而生，悲剧累累。难得北岛有毅力，把逆境变成新的挑战，无形中也为自己的诗作打开了新的版图。《今天》杂志的内容也开阔了，不止以中国内地为视野，而是从边缘反思中心，并放眼世界。这种事说来响当当，做起来却不容易。

北岛移居海外以后，他个人的心路历程当然由他自己来回忆。但就生活的经验层次而言，这一段漫长的岁月却是多彩多姿的。至于我和《今天》的"海外关系"，一时也不知从何说起。现在回想起来，那一段"后天安门"的日子，也弥足珍贵。那时候我不知哪里来的干劲，不停地活动，奔波美国各地，自认是"为当代中国作家服务"，自己的学术生涯完全被一个信念所驱使：这个刚刚开花尚未结果的"新文化"不能被主流政治所把持垄断。记得我写过一篇学术自传式的英文论文：*On the Margins of Chinese Discourse*，首次从文学和文化角度探讨"边缘论述"和"中心"的关系：我认为边缘的文化版图也是多元的，比以国界为范围的"中心论述"广阔得多。在文中我还更特别提到刚冒起的"寻根派"小说家。这篇文章，是应杜维明教授之邀而写的，当时他刚提出"文化中国"的口号，我当然回应。现在回想起来，我这个论述，显然受到"后天安门"时期中国知识分子处境的影响，特别是"芝加哥帮"的朋友和《今天》的诗人。如今大家各自东西，只有我和北岛反而变成香港同一所大学香港中文大学的同事。真可谓命运的安排。

前几天北岛在电话中鼓励我多写一点个人的回忆，我竟然把个人生涯中不少与《今天》相连的关节忘了，经他提醒才又召唤回来。也许这正是活在资本主义的香港"当下"的毛病——不自觉地健忘。我想从自己过去的作品中寻找《今天》的影子，突然记得曾经写过一连串的《狐狸洞诗话》在《今天》连载过,但似乎从没有收藏于自己的杂文集中。我一向研究小说,为什么写起"诗话"来了? 这当然和北岛与《今天》有关。

《狐狸洞诗话》的内容我已经记不得了。但其出发点很明显:我希望把中国当代诗人的"中心意识"打开,把现代诗的范围和中国参照系统也打开,跨越国界,从西方经验中开阔视野。因为自己在这方面的学养有限,所以写时往往力不从心。后来我在哈佛任教时,还特别开了一堂中国新诗的研究生课,探讨中国新诗的文字和声音的关系,这也是受到北岛和《今天》的启发。一首新诗是否必须经得起朗诵,声音出来之后才能完成? 我想到的参照是当时(八十年代)还很走红的俄国诗人 Yevtushenko,我曾听过他的朗诵表演,至今难忘。北岛呢? 初时我觉得他和艾青一样,不会朗诵自己写的诗,他那首传诵一时的诗《回答》,我认为必须朗诵以后才能见其效果。据说内地的青年男女最喜欢朗诵的就是这首诗。后来北岛的朗诵技巧逐渐成熟,自成一格。也许就是多年奔走海外各地、参加各种诗人聚会和学术会议的结果。在这众多的活动中,我也有份,扮演了一个次要角色。

"八九动乱"发生之前,我在芝加哥大学向美国的鲁斯基金会申请到一笔"合作研究计划"的基金,三年为期,总的课题是《"文革"以后的文化反思》,"八九动乱"的震撼使得这个研究计划更显得迫切。我请到刘再复、李陀、甘阳、许子东、黄子平等人,作为计划的固定成员,每周定期开研讨会。也请了不少来自海峡两岸和美国各地的学者、作家和艺术家,作短期访问。北岛也成了我们"芝加哥帮"的特邀嘉宾。北岛和我们混熟了,变成了"老北岛"(可能是李陀起的外号),形象忠厚、时常被我们开玩笑。讨论到创作的时候,大家兴高采烈、说起话来毫无遮拦。记得当时我就提出:我们不能自扫门前雪,中国当代新诗必须面对世界的挑战,鼓励北岛多读世界各地诗人的作品;既然流浪,不如利用机会打开中国的当代新诗的格局。北岛完全做到了。

除了芝加哥之外,北岛在美国时期的活动重地就是艾奥瓦。记得八十年代中期,我初识北岛之后不久,有一次我受邀在该校作演讲,观众席突然一阵骚动,原来举世闻名的"艾奥瓦国际作家写作计划"的主持人聂华苓和安格尔也来凑兴。我很紧张,但还是硬着头皮谈北岛的诗。那场演讲,可能令聂华苓夫妇留下印象,甚至连我自己也沾了光,后来变成他们的女婿,此是后话。但我可以斗胆地承认:北岛后来受邀到艾奥瓦,我也算是始作俑者之一。北岛后来到了艾奥瓦，这才把《今天》杂志也迁到艾奥瓦。我知道北岛为了募款支持《今天》的出版的确花了一番苦心，连这个美国小城的一家中国餐馆的老板也不放过，又结识了两位知音——谭嘉和吕嘉行夫妇，他们义务帮忙，才能勉强把《今天》维持下去。好在这份杂志的象征和实质意义在美国学界逐渐受到重视，不少来自中国内地的学者受到感召参加编委会，共襄盛举。

这一段史话，我扮演的角色并不吃重，只不过参加几次会议而已。我因为自己初婚，又从芝加哥搬到西岸的洛杉矶，一时自顾不暇。但责任所在，不能把芝加哥的"鲁斯研究计划"弃而不顾，更重要的是我的"芝加哥帮"。1990年秋，我离开芝加哥大学，接受洛杉矶加州大学的教职。但心在芝加哥，每月和暑假都飞回相聚。当然也邀请被我"遗弃"在芝加哥的老友们到洛杉矶来演讲座谈，大家在南加州的阳光下济济一堂。记得北岛也是常客之一。我为他举办了数次诗歌朗诵，还录成影像。这些场合逼得北岛锻炼他的朗诵技巧，也因此结识了更多的"粉丝"。

记得当时北岛最关心的问题还是募款。于是我不得不硬着头皮，陪他"下海"。我在洛杉矶遇到多年不见的台大外文系的几位老同学，其中一位女同学是当年的"系

111

花",现在成了富婆。她热情地请我们到她家做客,我和北岛当然不放过这个机会,他当场念诗,我为他敲边鼓,大讲诗在日常生活中的重要性。一般不接触新诗的人必会说一句客套话:"新诗太难了,我不懂。"其实就是表示不喜欢。我不得不费尽心机,改变他们的想法:譬如流行歌的歌词算不算诗?唱得朗朗上口,原因何在?难道只是歌曲动听吗?我们说话的时候有时不经意用了意象式的句子或有节奏的韵律,那不也是诗吗?……信口雌黄,目的就是要他们捐款。现在回想起来,真是恬不知耻。不过我这位老同学十分有义气,还是联络她的朋友捐出一笔钱。《今天》得以维持来自于这些分毫的慷慨资助。

"后革命时代"的钢铁是怎样炼成的?是点点滴滴的随时随地的经验织造而成的,没有什么英雄气概,然而充满了人情味。北岛和他同代的中国诗人在海外的经验,说不定将来会拍成纪录片。现在回想起来,脑海中也不觉涌起像一部电影的"蒙太奇"式画面,但叙述的时空连接线却模糊了。北岛的流浪足迹遍及世界各地,除了美国,还有欧洲的大小城市——瑞典的斯德哥尔摩、捷克的布拉格、荷兰的莱登,是我脑海中"纪录片"的三个重点,时间都在九十年代,细节记不清了,好在《今天》杂志有文字可循,北

112

岛和其他诗人在作品中也留下不少印记。更可以从各人的旧照片中重温旧梦。我只记得在布拉格的一间地下酒吧举行的一次诗歌朗诵会,主持人是我的老友 Martin Hala,他也是捷克的一位年轻汉学家。那晚他请到布拉格的几位诗人来朗诵翻译成捷克文的中国诗人的作品,我虽不懂捷克文,但听时仍然深受感动,因此更相信诗的境界可以超越国界和语言的隔阂。那晚的一个小插曲,至今记忆犹新。原来我身旁坐着一位捷克美女,北岛和其他几位中国诗人一直瞪着我看,眼中似有妒意,想过来交谈,不让我"独占"。后来我还写了一篇调侃北岛的杂文,刊在《今天》某期。现在回想起来,不禁莞尔。时光荏苒,我和北岛都过了不惑之年。然而他依然为了《今天》孜孜不倦地奔波活动。

不知不觉又到了《今天》的一百期纪念。也许因为我年老记忆衰退,很多细节都记不得了。不能为《今天》立传,只能写点回忆。但更重要的原因是,在我的心目中《今天》早已在中国当代文学史上留了名,永垂不朽,变成"艺术上的另一半"。

追忆中大的似水年华

　　1970 年夏，我初抵中文大学任教，职位是历史系讲师。我刚刚拿到博士学位，在美国达慕斯学院（Dartmouth College）任讲师，并把哈佛的博士论文完成，因为签证问题必须离开美国。恰好此时有一个"哈佛燕京学社"(Harvard–Yenching Institute)拨款设在中大的讲师职位空缺，于是我轻易地申请到了。1970 年夏，我轻装就道，先在欧洲遨游，中大秋季快开学前，才抵达香港。

　　在此之前，我从未来过香港。记得当时有一位台大外文系的老同学叶维廉在中大客座，竟然在他的一本文集中公开呼吁我离开美国回到华人地区的香港来共同为中国文化的前途效力。这一个"海妖的呼唤"(Siren's call)对我的确有点魔力，机会难得，也从未想到香港还是英国的殖民地，大多数人说的是陌生的广东话，就那么来了。对于这个号称"东方之珠"的国际大都会我一无所知,只认得两个老同学:刘绍铭和戴天(本名戴成义),绍铭时在中大英文系任教,已经成家立业,为我这个海外浪子提供一个暂时的"家",给我一种安全感。

记得第一天到了中大校园(当时只有崇基和范克廉楼),放下行李,就随绍铭和宗教系的同事沈宣仁教授驱车从马料水直落尖沙咀,到香港酒店去饮下午茶。途经窝打老道,看到这个街牌,英文名是 Waterloo Road 中文名变成了"窝打老道",几乎笑出声来——怎么会译成这个不伦不类的名字?从车窗望去,路边一排排的洋房和店铺颇有点"异国情调",不禁心旷神怡,就在那一瞬间,我爱上了香港,这一个华洋杂处,充满矛盾的小岛正合我的口味。

旅美浸淫西潮多年,心中似有"回头是岸"的感觉,因此我把刚出版的第一本杂文集定名为《西潮的彼岸》。然而思想依然西化,甚至有点"左"倾,略带反殖民的情绪,我热烈支持"中文法定"运动,认为这是一件天经地义的原则,觉得在帝国主义的殖民地为中华文化而奋斗,更有意义。香港对我而言就是一片自由乐土,还有哪一个华人地区比香港更自由?于是,我变成了 个彻头彻尾的"自由主义"者,在统治者的眼中我当然不是良民,但又不是一个颠覆社会安定的"革命分子",虽然一度有此嫌疑,因为我后来写了一篇批评中大制度不公平的文章,竟然引起轩然巨波,闹得满校风雨。

思想自由是我坚信不疑的基本价值,在学院里更应如此。于是,在我讲授的中国近代史课上,我故意使用三本观点毫不相同的教科书:一是我在哈佛的老师费正清(John K.Fairbank)写的,一是台湾学者(记得是李守孔)写的,一是中共的著名历史学家范文澜的著作;三本书的政治立场各异,我让学生展开辩论,不亦乐乎。我讲课时当然用国语(当时在香港尚无"普通话"这个名词),学生给我一个绰号:"北京猿人"——"北京"指的当然是我的标准北京官话,"猿人"呢? 我自认是恭维的名词,因为我躯体雄伟,比一般学生(特别是女学生)高得多。

因为年岁相差无几(我刚过三十岁),在课堂上我和学生打成一片,毫无隔阂。讲课时看他们的表情,仿佛似懂非懂,也可能是胆怯,于是我进一步夸下海口说:"三个月内我要学会用广东话讲课,但你们也必须学会用国语参加讨论!"这场赌注我险胜:三个月后,我竟然用蹩脚的粤语公开演讲,题目是关于知识分子和现代化的问题,我的观点完全出自金耀基先生刚出版的一本同名的书。我一口气用广东话讲了二十多分钟，最后在学生一片笑声中还是改用国语讲完。但是在课堂上，学生依然故我，本来会讲国语的发言比较踊跃。

记得当时学生可以随意跨系选课，所以我班上也有哲学系和中文系的学生，我因此有幸教到几位高足：本系的二年级本科生洪长泰思想成熟，在崇基学生报上写长文评点美国各著名大学的汉学研究，绝对是可造之才，毕业后顺理成章进入哈佛共睹研究院，卓然有成，现在是香港科技大学的名教授。关子尹是哲学系劳思光教授的得意门生，也来选我的课，又是一个天生的深思型学者，如今是中大哲学系教授，刚卸任系主任职位。另一位新亚的学生郭少棠选过我的"俄国近代史"的课，他旅美学成归国后回母校任教，曾被选为文学院的院长，现已退休。现任院长梁元生也是我当年学生中的佼佼者，我刚开课不久，他就以学生会长的身份邀请我公开演讲鲁迅，后来我把讲稿写成长文在《明报月刊》发表，就此走向鲁迅研究的不归路。

现在回想起来，我自己的学问其实并不扎实，但教学热情，思想较为新颖，所以颇得学生爱戴。记得我第一年教的是中国近代史，第二年教的是中西交通史。文史哲不分家，我不自觉地用了不少文学资料，更偏重思想史和文化史。崇基历史系的老师不多，大家相处无间，系主任是罗球庆教授，人极热情，对我这个后生小子十分照顾；还有一位来自美国 Temple 大学的 Lorentas 教授，我私下叫他"独眼龙"，因为他一只眼戴了黑眼罩。另一位属于联合书院的王德昭教授更是一位翩翩君子，我有时会向他请教。新亚的中文系和历史系则大师如云，我只有在三院历史教授联席会议上见过面，谈不上深交。在会上我的工作是口头传译，最难缠的反而是一位不学无术但热衷权力的美国老教授（姑隐其名），他老是在会上问我："What did they say？"生怕这几位新亚的史学大师发言对他不利，其实他们何尝把他看在眼里？

当时中大正处于整合的时期：崇基、新亚、联合三院合并为一所大学。我个人反对全盘整合，认为各院应该独立，但可以联合成像牛津和剑桥形式的大学；然而大势所趋，我这种自由主义的教育模式当然和中大受命成立的构想大相径庭。我最敬仰的是新亚的传统和精神，也觉得崇基背后的基督教教育理念有其历史传统，可以追索到清华和燕京。现在反思，这是一种彻头彻尾的理想主义，而且基于我对中国教育传统的理解：既然名叫"中文大学"，就

118

应该和殖民主义的香港大学模式截然不同。我在课堂上和课外与学生交谈时，都是讨论大问题，例如中国文化的前途，在香港作为现代知识分子的责任等等。外在的政治环境当然有影响，但当时香港的左右派的文化角力是公开的，我和双方都保持友谊关系。然而学院内自成一个"社区"(community)，和外界保持距离，至少我自己在教导学生时，鼓励他们超越目前的政治局限，现在依然如此。理想主义的坏处是不切实际，但也有好处，就是可以高瞻远瞩，寻求将来的愿景。校园是一个最"理想式"的社区，是一群甘愿牺牲物质享受和名利而热心教育的"知识人"组成的。这一套思想本身也是一种教育的理想主义，然而我至今坚信不疑。只不过面对当今功利为上的"官僚主义"操作模式，显得不"与时并进"了，然而没有理想和愿景的教育制度，到底其办学的目的又何在？

当年的中大，就是建立在一种理想上，每个人对理想或有不同见解和争论，然而那毕竟还是一个理想的年代。追忆似水年华，当然不免把过去也理想化了，但是具体地说，当年的中大校园生活还是值得怀念的。七十年代初的新界止在发展，但还保持乡村的纯朴风貌。我的广东话就是有时到附近乡村买菜购日用品时和村妇交谈学来的；

119

在大学火车站买车票时也顺便学两句;清扫我们办公的大楼(早已不存在)的工友更是我的朋友。我住在崇基教职员宿舍的一栋小公寓(现在依然"健在"),和女友可以到吐露港划船,向敬仰的老同事如劳思光先生请教时,则到山顶的一家西餐厅"雍雅山房"喝咖啡。总之,对我来说这一个"中大"就是一个"乐园",我在此如鱼得水,乐不思蜀,根本不想再回美国任教。然而偏偏有一天收到普林斯顿大学一位教授的一封信,请我到该校任教。我不想走,反而几位老友劝我走,我被说动了,1972 年初,还剩下一学期就匆匆离港,"中西交通史"未完的课程,由三位老友代课:胡菊人、戴天、胡金铨,可谓是"顶尖明星阵容",校方竟然不闻不问,这种自由尺度,在今日中大难以想象。我至今对崇基校长容启东先生心存感激, 他对我的容忍态度来自何处?基督徒的宽恕心?当年北大校长蔡元培的榜样?我不得而知。当然不少中大高层人士听说我要走了,可能也暗自高兴。

这一段个人回忆,只能算是我个人的心路历程的一小部分。因为今年(2013)适逢中大建校五十周年纪念。中文系向我约稿,遂成此篇。

一个老教授的日记

　　这是一个很平凡的一天。

　　上午搭火车到学校，又挤上学生校巴到办公室。先处理信件，一大堆无聊的"官样文章"：这个开幕礼通知，那个宴会邀请，我一概丢到字纸篓。展望窗外的校园，不禁涌起一股惆怅。我在这所大学可能是年岁最老的教授之一，2004年从美国提早退休返回中大任教，本以为客座一两年就够了，不料事与愿违，转眼就是十年，为什么还不退休？明年非退不可。

　　中午与几位好友相约到逸夫书院餐厅吃午餐，关子尹照例开车接我同往。3月初我和子尹刚在香港公共图书馆为中大建校五十周年发表共同演讲，题目是《大学的理念与实践》，他专注十九世纪德国哲人洪堡（von Humboldt）的大学理念，多年来在欧美影响深远，如今却荡然无存。中大和香港其他大学一样,变成了一个庞大的官僚机构。我刚在课堂上请社会系的王淑英教授讨论过韦伯(Max Weber)的学说,官僚化是现代性社会制度"合理化"(rationalization)的必然结果,大学也变成其缩影,一切照规章办事,管理至上,无所不用其极。教授们已无学术尊严可言,只不过是学校的"雇员"而已,一切听命于上层管理,升等和"长俸"(substantiation,美国叫 tenure)是管理的杀手锏。教学在其次,出版优先,又必须在外国——英美——第一流学报和出版社发表才算数。为的是什么?冠冕堂皇的理由是争取"优异"(excellence)和排名(ranking),实质是竞争,争取更多的拨款和知名度,谈何教育理念或人文精神?我从美国"名校"提早退休回来,难道是为了"知名度"?在哈佛或芝加哥,从来没有人提到竞争和知名度。

看来我非逆流而上不可,反对所谓排名,也必须声嘶力竭地提倡大学的人文精神。明知不可为而为之。

子尹的专业是哲学,是劳思光的大弟子,早年在崇基读本科生的时候也曾选过我的课,如今是同事,十分谈得来。每周四的午餐聚会是由教育学院的李雅言发起组织的,他思想敏锐过人,能力又强,把我们几个志同道合的朋友拉在一起,每周聚餐一次。除了我和子尹外,还有工程系的吴伟贤,音乐系的余少华,中文系的周建渝等人,最近又邀到哲学系刚退休的刘笑敢。笑敢刚完成一篇七千多字的长文,批判大学拨款委员会(UGC)的政策,逐条辩驳,发人深省。饭桌上大家七嘴八舌,谈得情绪激扬,原来各个都有同感。为什么至今忍气吞声呢?我觉得笑敢的文章非但应该在香港有分量的报刊发表,而且应该有人呼应,展开高等教育何去何从的讨论。记得3月初演讲后,前新亚书院的院长黄乃正教授问我一个发人深省的问题:既然校长定出中大五十周年纪念的口号是"传承开创",我讲到了传承,那么又如何创新?下一个五十年的愿景是什么?我觉得这个问题是一个有建设性的挑战,值得深思。中大将来是否应该不随波逐流而走自己的路?各个书院是否应该有其不同的"个性"?新亚书院传承下来的人文传统现今的意义何在?如何把西方的"洪堡"概念注入目前的官僚结构?这一切都是值得大家集思广益讨论的课题。我在中大转眼十年,自己也该彻底反省一下:我这个人文学科的学者对这个学府到底有何贡献?为什么我近来不断地公开批评中大?是否因为爱之深所以责之切,还是因为对于近十年来的香港高等教育普遍感到失

123

望?

　　人过七十,名利早已看淡,然而我的理想犹存,一种无名的不安情绪时而萦绕心头。妻子老是提醒我看开一点,保养身体为重,不能太过劳累。我回答说我可能是中大教授中最清闲的一个,一年只教两门课,其中一门是为本科生开的四节"经典导读",另一门是高班研究生的专题讨论。中大待我不错,为什么还要发牢骚?也许我追求的不是个人名利而是生活的意义和目的:每天到学校的意义究竟是什么?除了上班上课之外,还有什么值得做的?妻子说我近来备课的时间越来越多,每周五上课前的几个钟头更紧张,甚至不理她。(明天下午又要上课了,我是否胸有成竹?)怎么教了四十年书还这么患得患失?我无以为答。也许年岁愈长对自己的要求愈高吧;也许这就是我的另一种"反抗"方式:外在的形式主义规章制度越无聊,我越要充实自己的学问内涵,回馈给学生,并以此证明我还不是一块老朽废物。因此我现在授课的内容也越来越庞杂,每节课几乎塞不下,学生吸收得了吗?我似乎从来没有想过这个问题。

　　吃完中饭回到办公室,实在不想打开电脑审阅电邮,这是我每天最不想做的事,但又非做不可,又是一大堆垃圾,真烦人。匆匆处理完毕,于是展开明天要教的书来重读,不到半个钟头又被中断,一个学生敲门进来,向我请教问题,正中我下怀,于是借题发挥,滔滔不绝,心里又不禁感到少许不安,这个学生知道我说的是什么吗?我推荐的这些理论书,她到底看了多少?我自鸣得意之余,是否真正对她有帮助?不知不觉一个多钟头过去了,突然警觉四点半还要到中国文化研究所参加一个咖啡聚会,这个聚会,我又是始作俑者之一。2月底受邀到该所午餐会演讲,讲时不经意提到大家同事平常忙碌万分,更应该找机会多多交流,对人文学者而言,有时候研究的课题和想法是经由非正式的学术闲谈和交流引出来的,跨学科的研究更是如此。然而中大竟然没有上好的咖啡店作为同事们聚会的场所,中国文化研究所位居校中心,为什么不做东举办定期的"coffee hour"?不料副所长 Archie Lee 十分热心,立刻答应,不到一个月就发通知举办第一次"咖啡聚会",我岂有不参加之理?到了该所二楼休息室,Archie 早已在恭候,数分钟之后,竟然来了十几位同事,多与中国研究有关,大家相谈甚欢,都说要继续,以后每周一次,也欢迎研究生参加。善哉!

不觉谈过了头,六时许才结束。Archie 送我到车站,挤上火车,到九龙塘转搭小巴,回到家里已经快七点了,过了平时晚饭时间,老婆早已在等我了,看她笑脸迎人的样子,我一天的紧张和疲劳一扫而空。老婆看我精神振奋,问我原因何在？我没有回答,只说肚子饿了,赶快吃饭,心里想这一天过得倒还有一点意义。

2013 年 3 月 21 日

辑 二

《安娜·卡列尼娜》的舞台艺术

　　托尔斯泰的名著《安娜·卡列尼娜》已经数度被搬上银幕。我在拙作《文学改编电影》中只谈了三部：依次是1935年嘉宝主演的美国版《春残梦断》、1948年慧云李主演的英国版，和1997年苏菲·马索主演的欧洲版《爱比恋更冷》。不料最近又有一部最新改编的英国片，由祖莱特（Joe Wright）导演，名剧作家Tom Stoppard执笔编剧。成绩出乎我的意料。觉得有撰文讨论的必要。这本名著的故事情节，喜爱俄国小说的读者尽人皆知。大家似乎都从安娜的个性和遭遇出发，连托翁自己也是如此：他听过一个类似的故事，开始写时对安娜并无好感，但写着写着逐渐同情起来，也逐渐把她的遭遇扩大到整个俄国的贵族社会，个人如何在社会立足？其道德尺度究竟如何处理？特别是婚姻、爱情和社会道德之间的矛盾，变成了全书的主题。

历来改编自这部小说的电影版本,大多都是写实的,也以安娜的故事为主线 (因此也忽略了原著中与此对等的另一条主线:Levin 和 Kitty 的婚姻)。如果拍得过于煽情的话(例如嘉宝主演的版本),就有失原著小说的复杂性了。其实,安娜是好女人还是坏女人并不重要,在托翁的笔下,不论男女,都受制于社会道德,但托翁并没有把个人的反抗置于首位,所以他不是浪漫主义的作家。说他是写实主义,也只说对了一半,因为他磨炼出来的小说文体,已经超越了批判式的写实主义或更客观的自然主义。也许,西方文学史上只有一位大师可以与他比较,就是莎士比亚。莎翁的戏剧纵横历史,写尽人物百态,甚至穿梭人间与神话两个世界。所以大家都引用他的名言:人生如戏——世界是舞台,大家都是这个舞台上的演员。

此片灵感是否部分得自莎士比亚,我们不得而知,但导演莱特自己在接受访问时承认,把小说舞台化的构思灵感来自一位二十世纪初前苏联的先锋派舞台导演梅耶荷德(Vsevolod Meyerhold)。他是和斯坦尼斯拉夫斯基齐名的艺术家,然而他的表演理论却和斯氏相反:与其让演员吸取自身的感情经验而进入角色, 他反而从外在的力量来刺激演员,并以形式化(stylized)的肢体动来表达内心的感情。倒是和布莱希特(Brecht)的"史诗剧场"的间离效果有三分相似,此处不能详论,但至少需要点到梅耶荷德受到东方戏剧传统(特别是日本"歌舞伎")的影响。

梅耶荷德也曾和诗人马雅可夫斯基 (Mayakovsky)一样,热烈支持 1917 年的布尔什维克革命,并导演过马氏的剧本,这批前苏联早期的先锋艺术家,各个都希望把艺术和革命结合在一起,开创一个新世界。然而斯大林当政后,各个都受到整肃。梅耶荷德的结局最惨:下狱后被枪决!然而他的艺术遗产却万古长青,甚至感染了这位后辈英国导演。

看过此片的人当会发现:片子一开始就是舞台,人物像是台上的木偶,这种大胆的移置似乎完全颠覆了原著小说的历史背景。然而又不尽然,演员穿的依然是当时的"古装",并没有现代化。全片把舞台效果和实景配得天衣无缝,让观众进入故事中的环境,忘其所以。导演为什么如此煞费周章?我想是要一改他以前改编英国名著《傲慢与偏见》(也是 Keira Knightley 主演)的写实风格:把故事尽量放在实景(英国现存的古堡)中拍摄。另一方面,可能也受到"影响的焦虑":前人拍过几次了,现在不能重复,必须求变。于是故意用这种方式来发挥电影艺术的潜能:

既可舞台化,又可把舞台变成想象空间,以舞台和实景交叉显现方式来描述故事主要人物的主观感受和社会背景之间的关系。换言之,当主角感到受环境压迫——如被众人凝视——的时候,舞台式的布景就出现了。

片中有三场戏最令我瞩目,皆与舞台有直接或间接的联系。第一场是舞会,安娜和弗朗斯基在众目睽睽之下大跳华尔兹,极似舞台演出,甚至有点像芭蕾舞。美国有位影评人说此片有歌剧色彩(如《茶花女》第一幕),指的就是这种效果。这场舞会的场面不大(舞台的局限),但舞步动作——特别是手部——的花招十分显著。导演使尽浑身解数,镜头转移和场景调度动感十足,远远超过他的上一部作品《傲慢与偏见》中的那场乡村舞会。

第二场"舞台戏"是赛马。弗朗斯基中途失误落马,完全用舞台布景,非常不真实。镜头集中在安娜的兴奋和吃惊的表情,显然她的"表演"有失身份,暴露了内心的真感情。我认为这一场戏完全是梅耶荷德表演理论的实践。然而,另一位老导演 George Cukor 早在四十年前,在《窈窕淑女》(1964)中已经开了先例:那场英国绅士淑女看赛马的戏更"形式化",干脆连马也不见了。当然,那部影片本来就是从舞台剧改编的。这个先例,莱特不可能不知道,也许他要向这位老导演致敬,但我想梅耶荷德的因素更多,因为这场戏第一次把安娜和弗朗斯基的奸情暴露无遗,社会的压力也开始了,连她的丈夫也起了疑心,说她举止有失体统。

第三场舞台戏在歌剧院。安娜的"淫妇"身份已经不容于上流贵族社会。这场戏的效果可谓真正 operatic,也带出梅耶荷德式的社会讽刺,然而效果却是戏剧性的,安娜的遭遇受到社会的欺凌,雪上加霜,"婚比恋更冷"!至此我们才理会到"人言可畏"的恶果,歌剧院变成了"人生如戏"的双重象征,也是此片故事的真正高潮,也为安娜自杀的结局布下伏线。然而,莱特处理安娜跳轨的这场戏(用的是实景)反而有点草草了事。

除了舞台效果以外,此片也把全书重要的情节全盘托出,当然不忘把 Levin 和 Kitty 的爱情和婚姻(其实就是托翁自己的经验和观点)的对比情节表现出来,以前的好莱坞片反而省略了。妙的是,这段情节的场景没有舞台化,完全用实景。看完此片,我才在片终的字幕中发现,剧本的改编者原来就是鼎鼎大名的 Tom Stoppard,此公对俄国文化和历史了如指掌,也写过不少话剧的剧本。他曾是另一部以莎翁生平为题材的电影 *Shakespeare in Love* 的两

位编剧者之一。但据网上资料，他的原剧本还是以实景
(十九世纪俄国的宫殿)为背景,舞台手法是导演的杰作。
至于《安娜·卡列尼娜》是否曾被改编成舞台剧? 有待进一
步求证。我猜俄国艺术家绝不会放过这个机会;上世纪二
十年代的梅耶荷德是否想过? 我则不得而知,有待行家指
正。香港的老影迷当然知道,粤语片《春残梦断》的故事就
是源自这本托翁名著,连译名都比不伦不类的《爱比恋更
冷》文雅多了。当年电影改编中西名著蔚然成风,如今真
的是今非昔比了。只有望洋兴叹,看人家一次再一次改编
《简·爱》、《呼啸山庄》、《战争与和平》、《日瓦戈医生》……
当然还有《悲惨世界》,改编的影片不下七八部,此次又把
舞台歌剧版成功搬上银幕,票房奇佳,赢得无数香港影迷
眼泪。

谁说文学名著已经过时? 只不过看电影版的比看原
著的人越来越多罢了。

向默片致敬

最近看了两部最新出品的影片，都是向老电影致敬之作，而且都得了本届好莱坞的金像奖。作为一个老电影的资深影迷，我岂有不动心之理？更引我好奇的是：两部新片致敬的对象都是默片，而且《星光梦里人》(*The Artist*)从头到尾没有声音(只有幕后的应约配音)，直到最后一分钟，主角才说了一句话：With pleasure! 然后就和女主角跳起舞来。另一部影片是大导演史高西斯(Martin Scorsese) 第 一 部 3D 作品：《雨果的巴黎奇幻历险》(*Hugo*)，他费了极大工夫和成本，来向一位上世纪初电影刚发明不久的人物——号称为"电影魔术师"(cinemagician)的法国人梅里埃(Georges Melies, 1861—1938)致敬。难道今年或去年有什么影史上的重大纪念日子？(答案：去年是梅里埃诞生一百五十周年纪念。)

梅里埃是谁？《星光梦里人》中的默片大明星影射的又是谁？看完此两片，不觉又动了我的"打破砂锅问到底"的坏习惯，不务正业学术研究，却在家翻箱倒柜，找到多年来收藏的默片经典来重温一遍。为的不是再写一篇影评，而是自寻乐趣，作点"电影考古学"，并愿与同好此道者共享。

《星光梦里人》乃法国人制作，向好莱坞早期（上世纪二十年代前后）的默片大明星致敬。当时的大明星是谁？从本片男主角的造型看来，像是范朋克 (Douglas Fairbanks) 和华伦天奴 (Rodolph Valentino) 的混合，两人皆以潇洒著称，前者还留了一个小胡子，身手矫健，擅长斗剑武打；后者以"拉丁情人"形象风靡一时，会跳探戈舞，当年都是女性影迷的偶像，我幼时经常听到家母提起，直到最近才看到华伦天奴的两部默片：《启示录四骑士》(*The Four Horsemen of the Apocalypse*, 1921) 和《酋长》(*The Sheik*, 1922)，颇感失望。除此两人之外，我还想到华莱士·比利 (Wallace Beery) 和约翰·巴里摩亚 (John Barrymore)，这些明星大多成功地过渡到有声片。但《星光梦里人》所影射的默片男明星坚持"艺术家"立场拒拍有声电影而破落潦倒的情况，似乎出自另一部好莱坞经典作品《日落大道》

(*Sunset Boulevard*,1950),该片描写的却是一位过气的默片女明星。而《星光梦里人》中初露锋芒不久就大为走红的女主角原型，显然出自《万花喜春》(*Singin' in the Rain*,1952),这部歌舞名片我看了不下四五次,前半段描写的默片过渡到声片的摄制过程令人忍俊不禁,我每看必大笑,乃开心妙药也。《星光梦里人》动人之处,还在内容和演技。此次得到最佳男主角金像奖,实至名归。默片演员的演技往往夸张,以弥补无声的不足,但本片主角 Jean Dujardin 营造出来的却是一个更复杂的角色:在演戏中戏时,故意模仿范朋克式的外在动作,也有点模仿《万花喜春》的金凯利,在这双重"影响焦虑"之下重塑一个有血有肉的新角色,而且一言不发,谈何容易? 一般观众可能不会注意到这一点,而被情节吸引,甚至忘了这是默片。当然那条小狗的动人演技也为之生色不少。

我发现此片连灯光和摄影也模仿默片，这更不简单了。导演自称向当年各大师——希区柯克、弗里兹·朗(Fritz Lang)、刘别谦(Ernst Lubitsch)、茂瑙 (F.W.Murnau)和怀尔德(Billy Wilder)——致敬,如果仔细一一求证的话,恐怕要下点功夫了。然而,初看时还是看到不少痕迹;如情节结构是《日落大道》(怀尔德的名作)的翻版;情感气氛犹

137

如茂瑙导演的默片如《日出》(*Sunrise*, 1927);而喜剧风格
则来自刘别谦的"世故喜剧"作,此乃泛泛而论,不足为证。
妙的是该片的法国导演 Michel Hazanavicius 却没有提法
国导演的先例,如塔蒂(Jacques Tati)的哑剧手法,片中有
一场女主角心慕男主角,从他的剧装袖子中探手拥抱自
己,似乎就出自塔蒂。最令我惊异的是该片的背景音乐,
几乎从头到尾,无处不在,但多以管弦乐为主,到了描写
男女主角滋生爱情的部分,音乐更动人之至,但听来又似
曾相识,归家后依然萦绕于耳,最后我突然想起来了,是希
区柯克名片《迷魂记》(*Vertigo*, 1958)中最精彩的一部分的
配乐:神秘女郎金·诺瓦克(Kim Novak)在三藩市街头走,
意乱情迷的警探詹姆斯·斯图尔特(James Stewart)在后面
跟,气氛浪漫之至,全靠 Bernard Herrmann 的幕后音乐,此
公乃大师也!我存有数张他的电影配乐唱碟,无暇细听,
后上网查询,果然不错,全部照抄,又在网上发现金·诺瓦
克为此勃然大怒,公开说有损她的名声!法国导演回答说
是故意的,并花了不少钱得到许可云云,真是妙哉。

电影魔术师梅里埃

  《雨果的巴黎奇幻历险》(下称《雨果》)是一部大制作,成本恐怕是《星光》的数倍。后者是法国人向美国默片致敬,前者则是美国人向法国默片致敬,两片同时出笼,因缘凑巧,令我想入非非。第一个问题是:为什么要向这个不见经传的大师致敬?史高西斯多年来为保存老经典而努力,甚至还亲自制作自传式的纪录片,功德匪浅。此片由他执导,理所当然。梅里埃的老默片摄于 1896 至 1913 年,属于电影的"上古史"时期,几乎与法国电影的发明者卢米埃尔(Lumiere)兄弟同时期,连法文姓名的尾音也很接近。我初以为此片就是向卢米埃尔致敬之作,差点搞错。然而对影史研究者而言,梅里埃的名字也并不陌生,这位电影魔术大师——恰是《星光》片故事发生的二十年代——的确曾被埋没了不少年,他晚年穷途潦倒,在火车

139

站开一家玩具店谋生,本片就从这里开始,从孤儿雨果的眼光和经历来发现这位大师,最后他站在台上,接受礼赞。(事实上他得到法国最高的骑士荣誉勋章。)他生前制作了将近七百多部默片(每片从一分钟到半个钟头不等),大多遗失,至今保存下来的大约有二百部,其中一百七十多部被收录于一套五张 DVD 的珍藏版中, 名叫 *Georges Melies:First Wizard of Cinema*(《乔治·梅里埃:电影的第一个奇才》),我以廉价购得,连夜看了大半,饶有兴味,这才发现非但"电影魔术师"名不虚传,而且影响深远。记得数年前曾授过电影经典的课, 一开始就借用数部他的影片做例子,然后再映卓别林和基顿(Buster Keaton)的笑片,颇受学生欢迎。后来就把这位大师忘了, 不料他阴魂不散,竟然成了这部巨片的主人!

片自开始,孤儿雨果出场,导演故弄玄虚,制造悬疑,也许别的观众看得津津有味,我却有点不耐烦,为什么要拍成儿童片?但情调又比不上斯皮尔伯格的早年作品(如 *ET*),为什么不干脆请斯皮尔伯格执导?我猜当然和史高西斯保存旧片的声誉有关, 而且此片并非完全为儿童拍的。后来查网上资料, 才知道此片改编自一部漫画小说,原来的故事就是以孤儿为主角,也罢。但总觉史氏的手法

140

太重，前半部戏拍得像是狄更斯的《雾都孤儿》(*Oliver Twist*)的新版，惊险有余，趣味不足，但 3D 效果甚佳，看得我眼花缭乱。直到片子的后半部才进入真正的主要人物——梅里埃。史高西斯煞费工夫，在片中重新搭建梅里埃的影棚，并模仿他的方法拍了几个片段，以假乱真，是全片最精彩的部分。特别是仿拍梅氏的名作《月界旅行》(*A Trip to the Moon*, 1902)，我归家后连忙把此片重看一遍，妙极！简直是童话，原来就是改编自凡尔纳(Jules Verne)的著名科幻小说，不过将之拍得更好笑，月亮也变人脸，六位科学家登陆后竟然碰到月球的原住民野人！片长不过十分钟，妙趣横生。鲁迅当年曾译过这本小说，不知在上海是否带他的儿子海婴看过这部电影？时当三十年代，上海戏院也纷纷进入有声电影，想来梅里埃早被忘了。其实这也是他被遗忘的原因之一，另一个原因是他的影片风格。

史高西斯选了《月界旅行》向梅里埃致敬，真是选对了。但梅里埃还有不少其他同一类型的电影，值得欣赏。我看过他的二三十部短片，内容大多是童话和神话，也不乏科幻和名著改编的例子，如《浮士德》和《格列佛游记》(*Gulliver's Travels*)等，但最精彩的还是与魔术和幻想有关，他用画板式的道具层叠在影棚里，现在看来粗陋得可

141

笑,然而不知不觉间却被引进他的童话仙境。例如《仙女王国》(*Kingdom of Fairies*, 1903) 中就出现了鲸鱼和虾兵蟹将,水底的国王和王后的打扮和扑克牌上无异,而且还用人工在一格格菲林上加了色彩!另一部《不可能的旅行》(*Le Voyage à Travers L'impossible*, 1904)也用色彩,比《月界旅行》更长,故事更荒诞,几个"地理协会"的会员——内中有个胖女人,动作引人失笑——乘搭一架火车飞向山外云层,飞进太阳,又跌回山谷,未几火车又变成为潜水艇……历尽惊险之后,又回到原地,安然无恙。想当年的儿童看到这些镜头,一定雀跃万分。史高西斯为什么不仿造一些此类镜头,却拼命从写实层次去重现二十年代的巴黎火车站?

梅里埃未从事电影之前本来就是一个魔术师,所以把他的"魔技"用在菲林上。问题是怎样对待他的遗产——应该偏重的是魔幻还是科技?史高西斯似乎倾向后者而非前者。他先用各种机器来点名电影是一门科技,然而机器是所谓"现代性"的象征,代表的是一种向前看的现代进步观念,我认为与梅里埃的"魔幻"想法不尽相同,或者说只代表他的艺术的一面,另一面就是童话和神话,它是超越时空的。电影的功能之一本来就是用"魔术"扩展想象的空间,发展至今,这个想象空间已经扩展到"三度空间"了,于是 3D 应运而生,一点也不出奇。为什么《阿凡达》如此受欢迎,票房鼎盛?原因即在于此。我甚至大胆推论,James Cameron(该片导演)也该向梅里埃致敬,因为《阿凡达》的灵感原型就是梅里埃的《月界旅行》,只不过月球中的野人变成了《阿凡达》中宇宙外星的神人罢了。这一个梅里埃创造出来的电影传统辉煌灿烂,在法国影史上,让·谷克多(Jean Cocteau)的作品如《诗人之死》、《奥菲斯》(*Orphée*),就继承了梅里埃的神话风格,当然又加上文学和绘画艺术上的所谓"超现实主义"的理论和手法,而德国影史上的"表现主义"(Expressionism),间接也来自此一传统,另加心理色彩。可惜的是梅里埃的这个"魔幻传统"并不成熟,后来也没有继续发展,有声片就问世了。这个新科技促使电影走向较写实的路线,也成了三十年代好莱坞的传统。说来话长,只好打住。

回看这部《雨果的巴黎奇幻历险》,史高西斯自觉或不自觉地已经把这个好莱坞写实传统带进来了。片中除了雨果自己的经验之外,还包括其他两个典型的好莱坞小情节:一是两个老人的恋爱,以两条狗牵线;另一是火车站警察和卖花女的恋爱,原来在原著中这个角色微不足道,都是电影改编时加上去的。[1]为什么《雨果》必须用 3D 来拍？各家自有定论。我的看法是：最主要的原因不是为了梅里埃,而是向比他稍早的卢米埃尔兄弟致敬,任何教电影史的人,都会引用卢氏的经典火车片段,车头直向观众冲来,当年影院观众信以为真,纷纷本能地躲开,这恰是电影最能重现现实的证明，也可以说是所有电影写实主义的滥觞。一百多年后,本片把这段影史上的经典镜头以最先进的 3D 技术拍了出来,干脆让火车头直冲进了车站,又冲了出去,(据说也真有这个事故),然而现在的观众已经习以为常了,愉悦之余,并不惊慌。然而,梅里埃当年以粗陋的不经和摄影技巧营造出来的幻境和仙境，又到哪里去了？

---

[1]　在此我应该依照学术规矩,注明资料来源:关于这两段小情节的洞见出自著名电影研究者 David Bordwell 和 Kristin Thompson 的网站,我偶然发现这篇评论,不胜佩服,也引起以上我对于电影写实和幻想两个传统的联想。

埃里克·侯麦影片杂忆

数年前一个学生送给我一套四张的影碟，据说是内地影痴最宠爱的"小资"电影，不禁勾起我一段回忆。原来这套影碟是法国"新潮"大师埃里克·侯麦（Eric Rohmer）的作品，总名是《人间四季》（*Contes des Quatre Saisons*）分别以春、夏、秋、冬四季讲四个不同的爱情故事，我年前只看了春、夏两个故事，却忘了看秋、冬。昨夜一时兴起，把这后两个看完，真是回味无穷。埃里克·侯麦去年以高龄仙逝，留给我等影痴二十多部珍贵的遗产，也是我个人所至爱，因为他的故事洋溢着"知识分子"味，表面上说的是法国小资产阶级各种普通人物的感情故事，但背后却充满了哲理。这种从人生悟到哲理的手法，目前已不多见，更和大多数香港人的倥偬搵钱的生活方式大相径庭。埃里克·侯麦的粉丝恐怕还是少数，即便在国内，有此品位的

"小资"也不多吧。

　　我第一次看埃里克·侯麦的电影约在四十年前,在美留学期间,在影院看的是一部名叫 *Ma nuit cbez Maud*(《慕德家的一夜》,1969)的影片,是他的另一套连环作《六个道德故事》之中的一部。当时我的感觉是:这位名叫 Maud 的女人风情万种,太迷人了,但这个男人竟然可以在她床头侃侃而谈,谈了一夜而不及于乱,真是匪夷所思,然而也令得故事更引人,何况两个人说的法文那么动听!那晚我看得神魂荡漾,甚至幻想自己就是那个男主角,坐在美妇人床边, 孰能不动心?但耳朵听到的却是一大串哲学理论——特别是帕斯卡(Pascal)的;又不觉被他的论点吸引住了。当时我初学思想史,仰慕知识分子,因此更认同此片中的男主角,觉得他是一个有道德修养的知识分子,又是一个天主教徒, 所以即使受到 Maud 的诱惑亦坚持节操。然而全片自始至终没有一句道德教条,好像也没有讨论太多宗教问题,避重就轻,但处处都是隽永的哲理,这就是埃里克·侯麦最吸引我的地方。他从不用重笔, 影片的内涵却是思想性的, 表面上展现的是无形的法国布尔乔亚式的生活方式——饮酒、吃饭、旅行、听音乐会,互相拜访、闲谈;人物总在不停地说话,说不完的话,包括不少废话,然而仍令我看得津津有味。如果片中没有字幕,或是由英文配音,效果是否会大打折扣?好在当时在美国的大学城——譬如我学习和任教的麻省剑桥有所谓"艺术电影院",常演欧洲片,影院中的观众大多是教授和学生。在那个学术环境,看欧洲电影很自然地成了日常生活的一部分。是时法国新潮热已过,不少新潮派大师如特吕弗和戈达尔的作品已成经典,往往卷土重来,在一家老电影院 Brattle Theatre 不时上映,埃里克·侯麦的作品亦然,记得我就是在这家影院中初看也重温了他的不少作品。《六个道德故事》除了《幕德家的一夜》外,我记忆犹新的尚有其他两部:*Le genou de Claire*(《克莱尔的膝盖》,1971)和 *Chloe in the Afternoon*(《下午的克萝依》,1972)此二片是在另一个大学城普林斯顿看的,当时心情已有所改变,学术上的压力加重,自己仿佛突然未老先衰,一下子进入中年,记得观后的感觉是:怎么这两个法国女孩子这么年轻?难怪已臻中年的男主人公见色心喜却不能得寸进尺,连摸一下克莱尔裸露的膝盖也不敢!

其实片中内容并非如此肤浅。看完全套六个故事后我恍然大悟,得到一个结论,并非什么严守节操那回事,而是人生就是这么一回事,它是一连串偶然的际遇所构

147

成的,在不同的时空中男女碰来碰去,鲜有佳偶天成的。说白了,就是中国人常说的缘分,它并非任何人的主观意志可以操纵或转移的。所谓"道德"也者,指的是在这种人际关系和男女感情纠葛之上的一股"天意",冥冥之中似乎有一个宗教上的"乔太守"在"乱点鸳鸯谱"。我想片中的宗教意味和俗世生活成了一种吊诡:表面上的生活越庸俗,越会在不经意的行为中得悟"天机"。换言之,宗教不是心灵的归宿,更不是救赎,而是一种无形的命运。你可以信其有,也可以不信,而信和不信就决定了你的选择。我甚至认为,埃里克·侯麦表现的宗教感和英格玛·伯格曼异曲同工,但结论正相反,后者的北欧文化背景和存在主义哲学,令其作品太过悲观,这位瑞典大师的风格太沉重了,他早期的三部曲,令我看得心情压抑,甚至受不了。埃里克·侯麦才是我的开心果。他是一位"人间喜剧"的信徒。昨晚一口气看完《人间四季》秋、冬二集,本以为埃里克·侯麦已经不再谈宗教了,只以俗世生活中的阴错阳差作为故事结构的主题(如《秋天的故事》),不料到了"四季"的最后一部《冬天的故事》(1993),全片叙述的就是一个和宗教息息相关的个人选择问题:片中的女主角在开始时经历一段极美好的恋情后,却在和情人分手时无意间把自己的地址写错了。情人去了美国，没有留下地址，两人从此失去联络。五年后，这位在美容院工作的女人（她的情人是一个厨师），又先后和两个男人同居过，但她就是觉得不对劲。况且她已经和初恋的情人生下一女。她如何再做选择？在这个俗世，茫茫人海，又如何能和她的初恋情人相逢？片终时埃里克·侯麦竟然让二人在地铁车上碰到了，这是一个奇迹。但发生之前，女主角逐渐对灵魂问题感兴趣，和她的另一个情人争辩哲理，这个男人是个"书虫"，埃里克·侯麦于是借机又把最心慕的法国哲学家帕斯卡引出来了，还有柏拉图，片子后半又加上一段莎翁名剧《冬天的故事》，点明主题。试问世界影坛还有哪位大师能够把哲学经典带入情节，而且说得这么生动有趣？而且还是出自普通人之口，一点也不牵强。（也许伍迪·艾伦继其衣钵，但有时太过搞笑卖弄，不太自然。）我观后突然想到陀思妥耶夫斯基的短篇小说《一个梦幻者的四夜》（亦曾被两位大师搬上银幕），故事结尾时女主角也竟然在桥头见到她梦寐以求的情人，然而陀翁笔下的"梦幻者"却是一个典型的知识分子，他苦苦追求这位偶然邂逅的神秘女郎，最终还是一场空。我猜埃里克·侯麦一定读过陀思妥耶夫斯基。

埃里克·侯麦的晚期影片中我最欣赏的一部是《女贵族与公爵》(*L'Anglaise et le Duc*, 2001)，也是初在 Brattle剧院看的。此片以法国大革命为背景，算是古装片，但却以不少幅绘画作全片布景，经过电脑科技处理，栩栩如真，全片也因此把"前景"和"后果"分划得很清楚，我认为是导演故意采取的一种"离"手法(另一部古装片 *Perceval le Gallois* 则用片场搭的实景，效果反而差得多)，这种疏离却使我特别投入。故事没有狄更斯的《双城记》的戏剧性，但依然感人至极。我事后思之不得其因，也可能是片中的多幅画所呈现的古风，让我有一个错觉，以为这才是真正的历史，它的真实性恰来自布景画面的"虚假"，埃里克·侯麦的魔术使得平面画变得立体了，甚至有纵深，反而像是一部史诗。以前看埃里克·侯麦的影片只听其对话和看人物之间的动作，很少觉察到镜头，进而看此片时处处都是令我触目惊心的镜头，对话反而显得不重要了。在我有幸见到一位来自香港的奇女子，她就是埃里克·侯麦的多年助手 Mary Stephens，我趁她来港的机会，托人介绍见面，相谈甚欢，却忘了问她这部影片的拍摄经过。只听她说初识埃里克·侯麦时，她还是一个在巴黎留学的学生，选这位大师的课，原来埃里克·侯麦根本不谈哲学和电影理论,只谈制作经费和其他实际的工作。后来她成了这位大师实际工作上的得力助手,经常参与大师影片的剪接工作。《冬天的故事》片尾字幕中就有她的名字。

2011 年 6 月 12 日于九龙塘

辛亥革命主潮中的逆流

——说陈耀成的影片《大同》

康有为以中朝遗臣的身份却爱上了远在天涯的小国瑞典,甚至还买了一个小岛,一度想在此"世外桃源"避难久居。《大同》这部片把康有为生命中的这一串矛盾展现了出来。它本身的形式也是复杂的:既是纪录片,而且用了大量的珍贵照片和历史资料。

值此辛亥革命一百周年,各地纪念活动风起云涌,甚至还掀起各种音乐、演艺和展览节目,令人目不暇给。

问题是:除了庆祝和礼赞之外,这一百年的历史经验又如何反思?我在偶然机会看到一部影片——《大同》,描写的却是站在孙中山对立面的康有为,导演是来自中国香港、现居美国的陈耀成,观后颇有所感。据陈先生说,不知何故,这部影片在未发行之前已经遭受到不少无形的阻力:送到台湾的"金马奖"审查,未获接受,连香港电影节也拒绝上映。如果此片品质太差，也就罢了，但我观后觉得它是我看过的所有中外纪录片中的佼佼者，绝对是第一流的作品，而且甚有创意，为什么遭此冷落？陈耀成无可奈何地回答说："可能不合时宜吧！"如果这个臆测属实，至少也应该让此片本身的艺术成就得到承认，并引起海峡两岸文化界的讨论才是。这篇小文，也是为此目的而写。

此片片名《大同》，当然源自于康有为的《大同书》，这本书现被学界公认为是康有为的代表作，但也是一本超越时代的奇书，内中的理想大同世界至今未能实现，然而作者的视野是空前的，绝对可以和法国的"空想社会主义"之父傅立叶(Fourier)媲美。陈耀成用这个片名，倒不是为了歌颂这本书或康有为这个人，而是以此呈现出一种"另类"视野：作为保皇党的康有为，一向被视为保守派，甚至反动之至，但此片一开头就引用美国名历史学者德里克(Arif Dirlik)的话：如果说孙中山是体制外的革命家的话，那么康有为就是体制内的异端和过激派。此片就以康的这种过激性格和他多年流亡海外（曾遨游众多个国家）的经验为主题，展开叙述。他虽要保皇，但也要改变中国；他力拥君主立宪制度，但参照的却是英国、日本和瑞典等国的榜样；他人在清皇室，却主张五族共荣，反对孙中山

153

的驱逐鞑虏的狭义民族主义;最妙的是,他以中朝遗臣的身份却爱上了远在天涯的小国瑞典,甚至还买了一个小岛,一度想在此"世外桃源"避难久居。本片的副标题就是"康有为在瑞典"。

陈耀成的影片,把康有为生命中的这一串矛盾展现了出来。它本身的形式也是复杂的,既是纪录片,而且用了大量的珍贵照片和历史资料,但却不用纪录片惯用的客观叙述者或旁白,而用了三位演员分饰片中的三个主要角色——康有为、其次女康同璧、梁启超,其他历史人物则借用朱石麟导演的名片《清宫秘史》,在形式上是一种极有创意的"互文"和"引喻",甚至也附带引出《清宫秘史》为何在五十年代受到点名批判的问题。康有为在中国的当代意义,也就此展开。犹记得数年前李泽厚和刘再复合写的一本书《告别革命》曾引起极大的争论,改革或是革命——两者孰优孰劣?何者对中国政治更有益?李和刘似乎倾向改革,所以要向革命的传统告别。最近余英时教授就辛亥革命的意义做了一篇访谈,定会引起讨论。虽然改革论的主要思想来源就是康有为和梁启超。

我一向对梁启超深感佩服,反而对他的老师康有为没有研究,虽然在课堂上也讲到他的《大同书》。此片令我

154

大开眼界的反而是康有为在瑞典的部分,令我很有感触,原来二十世纪全世界知识分子的一个共同命运——流亡——也在康有为身上体现出来了。他和孙中山的流亡经验不同,因为最终没有达到他的政治目的,可谓郁郁而终,是一个悲剧。这一段流亡生涯,片中的叙述者却是另一位艺坛名人——现代舞蹈家江青。她也长年旅居瑞典,嫁给一名瑞典丈夫,两人也买了一个小岛,在此接待了不少友人——包括我自己。用江青作台前和幕后的叙述者,非但别开生面,而且带出另一个主观角度:叙述者认同的不见得是康有为,而是他的女儿康同璧,她也是一个才华出众的女权主义者,说不定还是最早主张妇女参政和妇女解放的中国女性。这一个女性视角使得本片的内容更加丰富,也更有人情味。因此我认为此片的主旨并非康有为的政治主张说项——导演本人的立场与康也并不雷同——而是一部别开生面的人物传记。它既写实,也极有戏剧性,甚至一开场就从康同璧的梦境演戏入手,演的却是印度神话, 还指涉到瑞典剧作家斯特林堡(August Strindberg)的作品《梦中戏》。这显然是一种"半蒙太奇"式的重叠点题手法,值得研究,难怪本片的监制人焦雄屏(也是台湾著名的影评家) 说:本片难以归类, 勉可称为

155

"DocuDrama"(纪录故事片),格调甚高,而且片中访问的几位学者皆是欧喜演学界的名人,包括瑞典的马悦然。这几位"名嘴"(Talking Beads)在片中现身,就足以引起学界注意了。其他近代史学者如史景迁(Jonathan Spence)和沙培德(Peter Zarrow)也对之赞不绝口。

这篇文章倒不是从一个学者的角度出发,而是出自一种"抱不平"的心理:我认为在文化的公共领域中,越是另类越值得注意,希望此片在正式公映后能有更多的人参加讨论。

忆索尔蒂

上世纪八十年代,我在风城芝加哥任教。住在芝城南边的海德公园,面湖而居,春夏季节,看到窗外湖光水色,心旷神怡。到了初秋,窗前的树叶开始变色了,凉风陡峭,令我精神抖擞,每天匆匆吃完早点,就直奔我在图书馆的研究室苦读或在楼下上课,忙得不亦乐乎。

就是漫长的寒冬难挨。芝加哥的寒风,从密西根湖面铺天盖地吹来,最厉害的时候只能背风而行,否则脸上一阵冷风吹过,连眼睛都张不开,皮肤都吹得碎裂了。到那个季节,我的心情就像芝加哥的天色一样——灰暗得很,除了工作外,必须用一种特殊的方式来调剂心情:驱车直上交响乐厅去听芝加哥交响乐团的音乐会。尤其是索尔蒂(Georg Solti, 1912—1997)莅临指挥的音乐会,我几乎每场必到,绝不放过。那时索尔蒂执掌芝加哥乐团已有十载以上，名声依然鼎盛。古典音乐是我的终身嗜好，听音乐当然是我日常生活必备的娱乐。不少芝加哥人喜欢看足球，包括香港的留学生，大家聚在一起看电视上的足球大赛，声嘶力竭地为芝加哥熊队(Chicago Bears)加油。而我呢？却是把芝加哥交响乐团(简称CSO)当作我的足球队。我往往坐在交响乐厅的楼上最高层，居高临下，老远地看到秃头的索尔蒂，健步如飞，走上指挥台，面对观众很快地一鞠躬，转身向乐队的乐师们——早已整装待发——略微点头，挥起指挥棒，就像把足球一掷冲天，这支训练有素的乐队就冲锋陷阵，直逼敌营。一个曲子奏完，就像是前锋进了一球一样，赢得全场鼓掌，还夹着几句Bravo！

我发现不少观众都和我一样，听得兴奋欲狂，当然早已把室外的寒风忘得一干二净。妙的是：只有索尔蒂有此魔力，其他的客座指挥相形见绌，虽然有时候索尔蒂的好友朱里尼(Carlo Maria Giulini)登台献艺时，也会制造另一种魔力：他温文尔雅，连带影响到乐师们也文雅起来，竟然可以把莫扎特奏得出神入化，这是索尔蒂望尘莫及的，所以索尔蒂绝少演奏莫扎特，直到晚年才开始指挥莫扎特的歌剧，也卓然有成。我最喜欢听的索尔蒂曲目是什么？当然是马勒，因为我生平第一次在现场看索尔蒂指挥,曲目就是马勒的第五交响乐,曾为文纪念。那一次的印象太深了,时在 1972 或 1973 年春,我从中国香港返回美国不久,适逢 CSO 第一次到美国东部巡回演奏,竟然也来到我任教的普林斯顿大学小城,该校没有偌大的音乐厅,所以场地改为室内运动场,因为听众太多,室内的电风扇声音太响,害得索尔蒂在第四乐章开头时,不得不停下来,大叫把风扇关掉!这场音乐会,变成了我音乐回忆中的"里程碑",也使我和马勒结了缘。索尔蒂和 CSO 录制的第一张唱片就是此曲。当年马勒在美国还不算太流行,和今天不同。索尔蒂应该是继伯恩斯坦(Leonard Bern-stein)之后把马勒作为他的拿手好戏的指挥家之一。他对马勒的诠释又和伯恩斯坦不同,并不煽情,也不过于激动,而是充满张力,第五的第一乐章《送葬进行曲》听来雷霆万钧,犹如一支军队在操练,步伐整齐划一,重音节奏清晰明显,让人想到将军在阅兵!不喜欢索尔蒂的乐评家就以此描述 Solti/CSO 的演奏法,认为他的诠释不够深度,有点哗众取宠。如今长江后浪推前浪,马勒指挥家层出不穷,索尔蒂的马勒也快被人遗忘了,只剩下吾等曾在芝加哥住过的"索尔蒂粉丝"。

马勒的交响乐,他自己说过,包含了整个世界,而非音符的组合而已。听马勒,我不喜欢有板有眼的演绎,所以有一阵也迷上了伯恩斯坦,他是我的马勒启蒙老师。索尔蒂则是把我带进马勒的殿堂的人,我由衷地感激他,没有他的演奏和唱片,我也不会变成真正的"马勒迷"。后来听多了不同指挥演奏的版本,才逐渐知道辨别细节和各种诠释的不同,但索尔蒂和伯恩斯坦永远存在我心中,他们让我遥隔时空而能接触到马勒的灵魂,也因此丰富了我在芝加哥的精神生活。一谈马勒就离题了,此文绝非音乐评论,而是为了纪念一位令我客居异邦而不感寂寞的人物。索尔蒂在芝加哥也是客居异邦,他每年来两三次,每次只住一个月左右,连他下榻的酒店我也知道,友人来访,我开车招待游车河时,经过索尔蒂住的酒店,我必会指指点点,视为"圣地"。有一次他在酒店一不小心摔了一跤,背受了伤,不得不取消一场马勒第八交响乐的音乐会,害得我寄望多月的盛会落了空,因此才留意他的酒店居所。

我至少写过两三篇有关索尔蒂的文章,但往往忘了描写他的长相。他身材不算高,早年就开始秃头了,生在匈牙利的一个犹太家庭。这个小国家出了不少指挥家,举世著称的几位名指挥——如 Reiner、Szell、Ormandy——都来自匈牙利,我猜原因之一是:当年匈牙利是奥匈帝国的

160

一部分,文化兼具东欧和德奥系统之长,音乐也得其真传。二战后花果飘零,音乐家都跑到英美了。索尔蒂后来入了英国籍,并被封为爵士,他为了感恩,也想融入英国社会,不少人称他 Sir George(原名是 Georg,少了一个 e),他也不介意。他虽在英国成了大名,但"仕途"并不顺利,担任皇家歌剧院总监时,时有不满意的乐迷在场外示威,高叫索尔蒂滚蛋。不料 1969 年到了芝加哥却变成了太上皇,一上任就和乐师们取得高度默契,不到两年,CSO 已经变成全美排名第一的乐队。该团第一次游欧演奏归来时,芝加哥全城为之疯狂,全团乐师坐着敞篷汽车,在密西根大道上接受英雄式的"白纸缤纷"(ticker-tape)欢迎,乃有史以来所罕见。显然芝加哥人也和我一样,把他们的乐队视为赢得首奖凯旋的足球队。该队在索尔蒂率领下,得格林美奖(Grammy Awards)不下二三十次,至今独领风骚。有一次索尔蒂在得意之余,接受媒体访问时说:"你们该为我竖立一个铜像!"该城父老竟然遵命,在城里立了一个索尔蒂铜像。

索尔蒂生不逢时,死也不逢时:于 1997 年 9 月 5 日突然因心脏病逝于法国南部的度假小村。不巧一个礼拜前英国王妃 Diana 在巴黎车祸丧生,全世界的注意力都集中于她一人，索尔蒂逝世的消息也成了陪衬。时光荏苒，二十世纪也早已过去了，新一代的芝加哥人可能已经把他忘了，但铜像犹在。今年是他诞生一百周年，我身在香港，回不了芝城在他的铜像前鞠躬。但为了纪念他，遂到唱片行买了一套重新发行的他的唱碟全集(此是第一集，共五十三张，另加五张影碟)，所费不赀。回家打开，才发现出版这套纪念集的是一位韩国人，当年他住在芝加哥郊区，也是逢索尔蒂的音乐会必到！然而这套音碟的制作和包装都不理想，连英文译文也有不少小错误，但至少表示了一点纪念之意吧。相形之下，索尔蒂常年签约的唱片公司Decca就显得有点"孤寒"了，当年索尔蒂是该公司的台柱和摇钱树，销售的唱片总量仅次于卡拉扬。如今只出版两套盒装索尔蒂指挥的歌剧，聊以充数，还不包括他的指挥成名作:瓦格纳的《尼布龙根的指环》。不知索尔蒂在天之灵作何感想。

"索尔蒂极品"

去年(2012)是指挥家索尔蒂诞生一百周年,这位当年和卡拉扬齐名的大师,如今似乎被遗忘了。但我依然是一个"索尔蒂迷",为了纪念他,特别写了一篇《忆索尔蒂》的短文,在该文中我提到一套重新发行的他的唱碟全集,名叫"Soltissimo"(勉强可以译为"索尔蒂极品")共五十三张,另加五张影碟。这个韩国制作的纪念版,在制作和包装上都不理想,连英文译文也有不少小错误。但收集了索尔蒂在七十年代的所有重要录音,还是相当可观。

现在总算把这五十三张韩国版 CD 听完了。有几张碟还听了不止一遍。总的印象是:索尔蒂的风格竟然与卡拉扬颇为相近,两位大师都不是故意拖慢速度,而是在乐句的音色和音量上下功夫。而索尔蒂领导下的芝加哥交响乐团的技术水准也和柏林爱乐不相上下, 即使重新录音的效果不太理想,演奏的精确还是听得出来。更令我惊奇的是:索尔蒂当年受纽约乐评家诟病的毛病,例如奏得太响,重音太多太强,太过火爆等等,现在听起来并不那么明显。也许是我的耳朵听惯了更火爆的唱碟吧?不论如何,索尔蒂还是属于老一辈的欧洲指挥家,比较尊重传统,而不像当今年轻一辈的几位红人,为了表现自己的不凡,而故弄玄虚。

这套五十三张版收集了索尔蒂指挥的贝多芬九首交响曲,他的诠释中规中矩,毫不夸张。听多了各式各样的年轻指挥家的新版本,各出奇招,我实在受不住,还是"老将"们听来更扎实过瘾。然而比起他同一辈或更老的指挥家来,如君特·旺德(Gunter Wand)和乔治·赛尔(George Szell),索尔蒂的贝多芬并不太出色。要我选贝多芬交响乐的唱片,还是福特万格勒、卡拉扬和小克莱伯独占鳌头。然而老贝的《庄严弥撒曲》在索尔蒂的指挥下,听来既庄严又感人。

这套"极品"集中,我个人认为最出色的是:马勒的第五和第八、柏辽兹的《幻想交响曲》、理查德·施特劳斯的《英雄生涯》、斯特拉文斯基的《春之祭》和巴尔托克的《管弦乐协奏曲》,都是CSO的拿手好戏。另外值得一提的是索尔蒂和他的另一个乐队——伦敦爱乐，他同时也是该团的常任指挥——录制的两首埃尔加(Edward Elgar)的交响曲，竟然把这位英帝国最后的作曲家的风味奏得入木三分，是意想不到的收获。但瓦格纳和李斯特的序曲则令人失望。

该集收录的五张影碟，大多是七十年代的产品,音响和视觉效果差强人意，不如 Decca 数年前发行的四张版(索尔蒂指挥 CSO 和维也纳爱乐的演奏)及最近刚发行的 SONY 公司三张版，皆是索尔蒂率 CSO 在日本演奏的实况,包括莫扎特的第三十五号交响曲,马勒和贝多芬的第五交响曲,还有穆索尔斯基的《展览会之画》等。内中的马勒第五 (1986)，比我第一次听到的演奏 (也是索尔蒂和 CSO 录制的第一张唱片,先收于这套五十三张版之中)更深刻动人,速度也不像第一次那么急剧。有时犹如狂风暴雨。

索尔蒂最能传世的遗产当然是他和维也纳爱乐及多位歌唱家录的瓦格纳的《尼布龙根的指环》，至今无出其右者,最近 Decca 公司终于推出一套豪华珍藏版，实在值得我等索尔蒂迷珍藏,我只好"忍痛"购买,所费不赀,但内容实在美不胜收。

音乐巨人马勒

今年（2011）是"马勒年"——作曲家马勒(Gustav Mahler, 1860—1911)逝世的一百周年,世界各地都有大量的纪念活动,各交响乐团演奏他的九首半(《第十交响曲》没有完成)交响曲和《大地之歌》,新发行的唱碟当然不计其数,我个人就先后购了不下数十张。香港数年前早已成立了一个非正式的马勒协会,由一群二三十岁的"马勒仔"发起,每逢乐团演奏马勒,必来捧场,完后大家品头论足,并摄影留念,不亦乐乎。

《为何马勒》(*Why Mahler*)——这是一本刚出版的英文书名(纸面本坊间可以买到),我姑且借用来作为这篇序言的题目。该书作者莱布烈希特(Norman Lebrecht)的答案是:马勒的音乐不但是二十世纪现代人的心灵写照,而且可以改变我们的世界;这九首半交响乐充满了"冲突和矛盾",还有对生命的眷恋、对死亡的恐惧、对大自然的热爱……都是大主题。我们甚至可以说,不管你懂不懂古典音乐,每一个人都可以从马勒的音乐中感受到一个赤裸裸的灵魂的煎熬和颤动,不仅是音乐本身的旋律节奏和结构而已。从马勒的音乐很自然会联想到马勒的一生,因此有关马勒的传记也层出不穷。不少乐迷问我:应该看什么书?我一时想不出有什么中文本可看,现在有了答案了,就是这本刚出笼的《忆马勒》,著者是他的夫人阿尔玛·马勒(Alma Mahler,1879—1964),译者是高中甫(由德文版直接译出),内中还收罗了马勒致阿尔玛的大量书信,弥足珍贵。然而,作为一个马勒迷,我对此书的叙述和论点不无偏见,我的态度,就像目睹一对好友夫妻离婚一样,表面上当然置身事外,保持中立,但内心不无偏袒一方。上面提到的《为何马勒》的作者莱布烈希特,论点更为极端,处处站在阿尔玛的对立面,力辩此婆的说法不可信,未免过激。但对我而言,阿尔玛文中也充满了爱意和人情味,把一个活生生的作曲家的各面——他的艺术、性格、行为举止,甚至夫妻关系中的性无能问题(后被弗洛伊德一席长谈治愈)——暴露无遗。令我读时最为感动的一段是长女的死亡,夫妇二人痛不欲生,谁看了不会动容?这类第一手资料,非当事人不能完全领会。然而阿尔玛并非等闲人物,她自己也是作曲家,而且作过近百首艺术歌曲,但她的作曲才华却被埋没于这段婚姻之中, 因为马勒在娶她的时候就约法三章:不准作曲, 只能为他抄谱,"从现在起你只有一个职业:使我幸福!"好一个大男人的口气!试想这位维也纳第一美女和才女如何受得了?所以在马勒得了不治之症即将去世的那一年,她终于和一位较她年岁更轻的建筑师格罗皮乌斯(Walter Gropius)发生了婚外情,她一面照顾病中的马勒,一面和情夫鱼雁往返,到处偷情,最后情夫苦苦追求到他们住处,马勒竟然也请这位情敌登堂入室,让阿尔玛决定自己到底中意哪一个?最后阿尔玛还是离不开丈夫。这像是一场"肥皂剧"的情节,谁知道是真是假?即使全属真实,但马勒在那一刻的感受如何、想的是什么,我们都无由得知,因为以上都是出自阿尔玛之笔!马勒死无对证,只有《第十交响曲》原谱中的几句向阿尔玛示爱的话——地老天荒,此情不渝,但一般听众听得出来吗?

这就引出我的主观偏见:艺术虽出自人生或是人生的写照,但它毕竟不是人生,二者之间不能画等号。阿尔玛在这本回忆录中也处处对马勒的作品发表议论和诠释,我却不敢照单全收。例如她说马勒的《第六交响曲》是在描写他们一家人暑假的生活,内中还有两个女儿的嬉戏,最后乐章中的三声木槌巨响就像是一棵大树被斩断了,影射的是马勒自己的死亡,似乎未卜先知,在曲谱中早已预言了,后世的乐评家大都萧规曹随,依样葫芦,但我就是不相信。即便是作曲家自己也作此解释,听者照样不必受这种"写实主义"诠释法的限制。我们何不也可以这么说:这三声巨响——后来改为两声——代表的是一种命运之力,加强全曲的悲剧性?而这种悲剧与个人无关,是超越人生的艺术表现。曲中所谓儿童嬉戏只不过是马勒所独创的一种"诙谐曲"(scherzo)的作曲法。马勒热爱他的两个女儿,但在家庭生活最快乐的时候却写下了五首《亡儿之歌》(*Kindertotenlieder*),曲中的"kinder"(儿童),阿尔玛认为指的就是自己的女儿,这又是"对号入座",因此她说:"当人们在半小时之前钟爱过和亲吻过那些活蹦乱跳和身体健康的孩子时,现在怎么就能去歌唱孩子之死。我在那时就即刻说道:'上帝啊,你是在往墙上画鬼呀!'"这一段话被莱布烈希特大加挞伐,斥之为无稽之谈,是阿尔玛自己的迷信解读。是否马勒因此而遭天谴,刚过五十岁就得了不治之症而死?这几首歌曲也是我的挚爱,百听不厌。初听时只觉旋律优美,带点淡淡的哀愁,后来对照歌词——出自名诗人吕克(Ruckert)之手——才知道写的是对亡儿的哀悼,特别是内中的第三首——"当你的母亲/从门外进来/而我转头/看向她……"真是感人至极! 我猜阿尔玛就是因为这首诗太真实了,才作不祥之想,近乎人情。然而,也有人认为:马勒悼念的是他幼年夭折的亡弟, 两者都是"索隐"式的论点,我不尽同意。我想马勒当时的心情可能是出自一种对整个人生的吊诡:好景不长,在最快乐的时辰也会感到忧虑。难道不可以用同样的方式来诠释他的《大地之歌》(源自唐诗)和他的交响曲? 马勒的大部分交响曲皆得自他的歌曲的主题, 特别是他早期的作品——《青年魔号》(马勒研究专家 Donald Mitchell 对此曾写过详细的评述), 主旋律可唱,所以不那么抽象或形式化。

走笔至此,不觉已进入马勒作品研究的境界,目前这也成了音乐界的"显学",我不愿再班门弄斧了,就此打住。且不论以上的描述是否有理, 我仍然认为对于马勒的生平有兴趣的读者,阿尔玛的这本《忆马勒》是不可或缺的入门书。如果对阿尔玛的生平兴趣更大,则可读她自己的回忆录《我的生活》①, 还有一本Francoise Giroud 写的传记

① *Mein Leben*,有英译本,改名为 *And the Bridge is Love*(《而桥梁就是爱》)。

《被爱的艺术——阿尔玛·马勒与五大名人的情史》[1]，这五大名人各个都是维也纳文坛和艺坛的佼佼者，除了马勒和格罗皮乌斯(后来成了她的第二任丈夫)之外，还有她的作曲老师杰林斯基(Alexander von Zemlinsky)、画家考考斯卡(Oskar Kokoschka，曾与她同居，直到八十多岁还写情书给她，希望复合)和作家魏菲尔(Franz Werfel，她的第三任丈夫)，可谓不虚此生。她的晚年在纽约度过，以马勒遗孀自居，处处维护他的音乐遗产。马勒传记的权威作者葛兰吉(Henry-Louis de la Grange)，就拜倒在她门下(但也不无微词)，受她协助，终于能够写出三卷本传记，几乎事无巨细，把马勒在事业上每一天的生活都记录了下来，我没有读过。台湾的超级马勒迷林衡哲医师，花了十数年功力，完成了一本中文传记：《西方音乐巨人——马勒》[2]，十分详尽，也可以在此推介。至于马勒的唱碟，至今车载斗量，又如何向初入门者推介？最好还是聆听现场的演奏，远较录音动人。不少友人问我：从何首交响乐听起？我的回答是：第一和第四，然后再听第二、三、九和《大地之歌》，中间的五、六、七则需要一点耐性和时间慢慢听。我唯一

---

① 柯翠园译，台湾望春风出版社，2007。
② 望春风出版社，2010。

171

不大喜欢的是他的《第八交响曲》,所以可以最后听。另一个入门之道是先听他的歌曲集:《亡儿之歌》、《旅人之歌》、四首《吕克之歌》,再听《大地之歌》。最近购得一碟纪录片,名叫 *Gustav Mahler:Autopsy of a Genius*(《马勒:一位天才的解剖》),内中的主讲人就是前文提过的马勒权威葛兰吉,值得一看。

2011 年 10 月 1 日于九龙塘

新年音乐会

　　我是一个古典音乐的爱好者，每到新年，必会听维也纳新年音乐会，大多是购买 CD 或 DVD 的实况录音欣赏，偶尔也赶上电视直播，其乐也融融，而且多年不变，直到去年，才感到有点厌倦，主要原因是我不喜欢新上任的指挥 Franz Welser-Most，他不能感染我的情绪；前年的 Georges Pretre 好多了，他挥起指挥棒，面带笑容，不到几分钟，就把我带进维也纳的传统欢乐气氛之中。

　　这一个新年音乐会的传统创始于 1939 年，中间因战争关系略有间断，一直持续至今，变成了一种节日仪式，甚至有些人就是为了躬逢其盛，不惜一掷数百金(据闻一张票至少数百欧元)去凑热闹。商业化取代了原来的贵族传统：当年只有门第高的家族才去听音乐会，各有包厢，而且还带着豆蔻年华的女儿去参加新年舞会，介绍给上流社会。现在据说舞会还是照常举行，但一般游客恐怕无缘。这一段典故我也是听来的。我更感兴趣的当然是音乐，每年的新年音乐会，节目如何安排？都是指挥选的？但最后的那首《蓝色多瑙河》必奏的传统从何而来？哪一年开始？而"安扣"(encore)必奏的曲目《Raderzky 进行曲》又如何变成传统？施特劳斯家族所作的华尔兹、Polka schnell、进行曲和歌剧序曲至少有数千首，是否每一首都奏过了？但每年的节目中都有"新发现"的冷门作品，从何而来？我真想将来有幸到维也纳的各图书馆去看看，翻阅一下乐谱，看来此生是没有希望了。据我初步的了解，华尔兹并非贵族的舞蹈，但在十九世纪却流行起来，人人喜欢。记得幼时看过一部好莱坞的老电影，中文译名是《翠堤春晓》，读来甚为典雅，不知出自哪位高手？英文原名是 *The Great Waltz*(1938)，描写的就是华尔兹大王约翰·施特劳斯的故事，我竟然百看不厌，除了觉得内中音乐动人外，那段三角恋爱更是荡气回肠。如今年纪老了，重看此片，反而觉察到片中不经意流露出来的阶级观念：施特劳斯属于中产家庭，他组成的乐队，成员也来自三教九流，十分生动，然而片中却有一个皇帝，他依然主掌奥匈帝国(当年领土横跨奥国、匈牙利、捷克等国)，但已经显得老态龙钟，片子终

174

场时,两个老人——一个是皇帝,另一个是"无冕之王"的华尔兹大王,同到阳台接受人民欢呼,但显然是施特劳斯胜利了!中产阶级万岁!华尔兹万岁!

事实上,维也纳到了十九世纪末,其危机已经浮出表面,非但有阶级冲突,而且还有种族问题:当时的市长公开鼓动低下阶层的人反犹太,而维也纳的知识分子和艺术家殆半是中产阶级的犹太人,表面上歌舞升平,但背后阴影重重;一方面艺术的创造力因危机而鼎盛,另一方面则乱象已生,不久就引起第一次世界大战。战后帝国已荡然无存,只剩下以维也纳为中心的小国家,元气大衰,不到二十年,欧战又兴,新年音乐会此时诞生,像是偶合,也可能是一种逃避的心理作祟。时至今日,这个早已过时的传统,经过借尸还魂,变成现在举世瞩目的一年一度的娱乐节目,又经由全球化媒体的传播与炒作,成了文化商品,供全世界的人享受消费,况且是一种价廉物美的"高级娱乐",每年可以借此轻松快乐两小时,足够了。然而对于像我这样的乐迷来说,这显然不够,我必须追求曲目内容和指挥的诠释,进一步做个比较,这就麻烦多了,但我反而因此而得到更多的乐趣。新年音乐会的指挥传统是一位名叫 Willi Boskovsky 的人奠定的,他原是维也纳爱乐交响

175

乐团的首席小提琴手,所以驾轻就熟,总共指挥了二十五次新年音乐会,坊间可以买到他的音碟和影碟,有兴趣的乐迷可以欣赏他的平易近人的风格,有时还边指挥边用小提琴演奏,这可能也是当年的演奏传统。他的曲目甚广,奏来似乎不费吹灰之力,而且十分到位,也就是说,他对于节拍的把握很准,在减慢或加快时不拖泥带水,很自然。可是听多了又觉得有点千篇一律,没有韵味。Boskovsky 于 1979 年退休后,还没有任何指挥家打破他的纪录。每年走马换将,时间久了,没有太多值得回味的演奏,只有两场,我认为是可以不朽的,至少给我个人留下极深的印象。一是 1987 年卡拉扬指挥的,那时这位天王指挥已近古稀之年,霸气已消,反而变得温和慈祥起来,从电视荧幕上(我那年刚好在美国的艾奥瓦城看到电视直播)看到他有点老态,但依然风度翩翩,站在指挥台上很自然地举起指挥棒,乐队奏出来的声音和往常不一样了,既柔和又有韵味,一首《吉卜赛男爵》序曲就把我镇住了,接着是《冥空之乐》(Spharenklange:Music of the Spheres),直如此曲只应天上有,人间难得几回闻,听得我热泪盈眶。那年元旦我心情不佳,但听了此曲,抑郁全消,到了音乐会快完时黑人女高音 Kathleen Battle 一身红衣出场演唱《春

176

之声》,我发现自己的心情也舒畅无比,心中暗暗感激这位伟大的指挥家,对他的偏见也一扫而空。

另一场令人难忘的新年音乐会是 1992 年 Carlos Kleiber 指挥的那一场,该年适逢维也纳爱乐一百五十周年纪念,于是请了这位不轻易出山的大指挥家二度登台(他第一次指挥新年音乐会是在 1989 年),这位奇才必须目睹其风采,光听不够,只见他在台上把指挥棒玩弄于双手,时左时右,有时站着不指,全身轻轻摇摆,完全进入音乐的幻境,这种风格,乃他独有,学都学不来,更不必提他对于快慢速度的掌握,潇洒自如,可谓如入化境。我禁不住大声叫好!到了同一首《冥空曲》,他的演绎又和卡拉扬大异其趣,可谓相得益彰。到了这个境界,圆舞曲也好,交响乐也好,早已雅俗不分,成了登峰造极的艺术!那才是真正的享受。今年(2012)的新年音乐会将由 Mariss Jansons 指挥,他曾于 2006 年指挥过一次,那一场是他的初次,成绩不错,特别是他特选的莫扎特《费加罗婚礼》序曲,我至今印象良深。写此文时,尚不知今年的节目是什么,说不定又有意外的乐曲出现。Jansons 的台风一向严肃,上次表演也不轻松,但他对乐曲的诠释颇有一套,而且他的声誉正如日中天,绝对在上一任 Welser-Most 之上。是否还会玩其他噱头,则不得知。记得 Pretre 指挥的有一场,适逢欧洲足球大赛,因此他在台上也大玩足球;名家巴伦博伊姆(Daniel Barenboim)指挥的那一场(2009),选了一首海顿的交响乐《告别》的最后乐章,乐曲未完,台上乐师一个个停奏离席,最后只剩下第一小提琴手,这本来就是此曲演奏的传统,但巴伦博伊姆故意大发雷霆,在台上演戏,可谓别开生面。我猜 Jansons 演不出来。

其实真正的功夫还在于对最熟悉的华尔兹舞曲的掌握。就以《蓝色多瑙河》为例,如果你仔细听或看的话,你就会发现每一个指挥在开始时的速度都不同,但更引人入胜的是如何从慢速的三拍子导引逐渐加强,轻过一小段轻快的转折,再引进主题,如果处理不当的话,听来就不顺畅。谁都会打三拍子,但奏华尔兹时如果这三拍长短相等就错了,原则上第一拍是重音所在,应该比后两拍长一点,才会产生一种韵律感。维也纳人早已本能地体验到华尔兹的节奏和韵律,外来人搞不好,就不对劲。我每次在家听新年音乐会,每到华尔兹双手就禁不住在空中画弧,指挥起来,老婆说我穷过瘾,一点不错!看来我这辈子的指挥梦也只能到此境界了吧。我最欣赏的一首华尔兹是什么?回答是:端看我的心情而定,但《春之声》一定会使我快乐。然而真正令我感受到"深层"意义的却不是施特劳斯的作品,而是拉威尔的 *La Valse*,这首名曲奏得好并不容易,但听来过瘾之至。拉威尔作此曲的灵感直接来自维也纳的华尔兹传统,但却把它"解构"了,听来像是一场梦魇,只见一对对衣冠华丽的仕女翩翩起舞,越跳越快,跳到最后,变得歇斯底里起来!这也是一种"怀旧"——从一个战后的时空点回看战前歌舞升平的气氛,但曲终梦醒,这美景早已一去不返了!恐怕只剩下一年一度的新年音乐会。今年 2 月 25 至 26 日,香港小交响乐团将会演奏此曲。并配以舞蹈,此场音乐会的主题就叫作"如梦逝水年华"。

和在天堂的马勒对话①

李:李欧梵
马:马勒

李:大师,我是你遍布世界各地的粉丝之一,今天能够和你通话,太荣幸了!你知道吗?你当年说的那句话终于应验了:"我的时代终会来临!"

马:我知道。但没有想到降临得那么快,还以为要再等五十年。

李:大师,今年是你逝世一百周年纪念,全世界的音乐家和乐迷都在追悼你,不知道你在天堂有何感想?

马:感想?我在此优哉游哉,无忧无虑,早已把过去在

① 本文部分资料来自林衡哲的《西方音乐巨人——马勒》(望春风文化出版社,2010)。

180

尘世间那五十一年的生命忘得一干二净！

李：大师，你知道吗？在这个尘世为你作传的人可是车载斗量。我最近就看了两本，一本是英文书，书名就很惊人：《为何马勒》；一本是中文书，名叫《西方音乐巨人——马勒》，作者林衡哲是台湾的一个医生，他花了十多年工夫研究，才写出来的。

马：谢谢，我在天堂已经不再看书了，特别是有关我的书，倒是想知道我的十首交响乐如何改变了世界？

李：这说来话长。那本英文书的作者 Norman Lebrecht 一开头就说？前苏联的戈尔巴乔夫在莫斯科第一次听到你的《第五交响曲》，说它"充满了斗争和矛盾，是当代政治环境的写照"。这位作者又断言，在二十一世纪你的交响曲演奏次数将超过贝多芬！

马：真的吗？不可能，贝多芬才是伟人。我刚去天堂的顶峰拜见了他，还谈起他的《第九交响曲》中的"欢乐颂"。

李：真的吗？你的第八号称"千人交响曲"的后半部不是比贝多芬的第九更雄伟吗？我每次听，都幻想浮士德进天堂，怎么会碰到那么多鬼魂？

马：不错，我的第八的后半部灵感来自歌德的《浮士德》，但我至今还觉得不满意。

李:那不是你最成功的一次首演吗？慕尼克的三千多听众起立鼓掌半小时,打破有史以来的纪录,可以说是二十世纪音乐史上最成功的首演。文学家托马斯·曼(Thomas Mann)也在场,听后告诉妻子:"今晚我生平第一次遇到一位真正的伟人。"

马:我记得那场演出。令我最感动的还是台上少年合唱团上的那些小天使,真可爱,我在他们身上仿佛看到我死去女儿的身影。

李:大师,如果你不介意的话,我想问你一个私人的问题,因为后世研究你的学者争论不休:为什么你在心爱的大女儿因猩红热去世的前三年就写下《悼亡儿之歌》? 有人说这是遭天妒!但那本英文书作者说:这个说法来自你的爱妻阿尔玛(Alma Mahler),甚至是她自己的感觉……

马:(声音显然有点激动)还说这干什么? 我的大女儿现在和我在天堂相依为命,但阿尔玛早已不知去向了。

李:什么? 阿尔玛在天堂也离你而去?

马:她早已离开我了。我死前已经知道她和年轻的建筑师格罗皮乌斯一直有来往,我病倒了,她一面照顾我,一面和他互通款曲。我不是在未完成的《第十交响曲》的乐谱上写下她的名字吗? 唉,阿尔玛,我为你写下多少动人的旋律？第五的小慢板乐章不是献给你的吗？还有第六的第一乐章……这不是和瓦格纳的《齐格菲的牧歌》大可一比吗？唉，柯茜玛爱瓦格纳爱得要死，瓦格纳逝世后她深居简出，哀悼了两三年！而我的阿尔玛呢？不谈也罢。

李：至少她还是你的"缪斯"——你的艺术灵魂？

马：这很难说，艺术很难解释。你说我的《大地之歌》灵感来自何处？绝对不是阿尔玛。

李：当然是唐诗——李白、王维、孟浩然，那最后一首《惜别》真是不朽之作，我每次听都热泪盈眶，也许是因为我是中国人。

马：可是我不懂中文，我读的是德文译本。

李：不错，所以你把"惜别"的意义扩大了，变成了生离死别，那句"归卧南山陲"成了生死之界的象征，你用交响和弦勾画出大地回春的意境，你用女中音唱出对大自然美景的无限依恋。人生短暂，但大自然和艺术是永久的，Ewig, Ewig, 永远, 永远！这个德文字是你自己加上去的。

马：不错，我还加了一两句诗词，那是一种来自德国浪漫主义的情操，也是现代主义艺术思想的起源之一，波德莱尔（Baudelaire）不是说过："什么是现代性？现代性是短暂的，临时的，瞬间即逝的。它是艺术的一半，而另一半却

183

是在追求永恒。"德国浪漫主义有类似的说法,但更注重大自然……

李:说起大自然的美景,你还记得你每年暑假去休假作曲的那三间小屋吗?特别是在奥国麦尔尼格(Maiernigg)的那一间,湖光山色,绮丽无比,现在都成了纪念你的胜地,那里还有个博物馆,到此朝圣的人络绎不绝。

马:是的,那是我最怀念的地方。在华特湖(Wörthersee)边,我最怀念的是山后那间作曲小屋,我每天早上六点就起床,在小屋中创作,听着窗外的鸟叫,呼吸新鲜空气,下午和阿尔玛去野外散步,我最喜欢散步。你说起艺术灵感,这才是我的主要来源,难道你在我的交响曲中听不到风声、鸟叫和虫唧悠悠吗?

李:太多了,你的第一、第三、还有第四、第六、第七,还有《悼亡儿之歌》……

马:说起《悼亡儿之歌》,为什么大家都从我的个人生活中去挖材料、作文章?为什么没有人研究我为什么喜欢里尔克(R.M.Rilke)的诗?其实我当年也读了不少文学作品,包括你最崇拜的陀思妥耶夫斯基。

李:你看过他的《卡拉马佐夫兄弟》?

马:当然看过。那是一个文学和艺术相通的时代,在

184

世纪末的维也纳……

李:马勒先生,你当年是维也纳乐坛的太上皇,当了皇家歌剧院的总监,还得了!茨威格(Stefan Zweig)在他的回忆录《昨天的时代》中说,在大街上碰见你都引以为荣,你是维也纳年轻艺术家崇拜的偶像。看来当年你的粉丝也不少。

马:可惜我想整顿歌剧院的种种陋规,却遭到阻力,还有乐评家,尖酸刻薄,我最看不起,我的交响曲受乐评家青睐的并不多。我作为指挥,不遗余力为其他作曲家服务,但我自己的作品呢?唉,不谈也罢。

李:不是有德国的理查德·施特劳斯(Richard Georg Strauss)为你撑腰,亲自指挥你的《第三交响曲》?

马:此人不可信,他沽名钓誉,表面上恭维,背后批评我。

李:不错,从你们两人的书信集中看得出来。但是你毕竟有几个好徒弟,譬如你的得力助手,后来成为你的权威诠释者瓦尔特(Bruno Walter),还有"第二维也纳乐派"的勋伯格(Arnold Schoenberg)、贝尔格(Alban Berg)、韦伯恩(A. von Webern)。

马:瓦尔特是个好青年,但也失之太过忠厚。至于勋伯格,则另当别论,他真有才华,年纪轻轻就开自己的作品发表会,引起争论,他的无调性和十二音列,我作不来。阿尔玛不喜欢他,但是我还是爱才的,应该提拔后进嘛。

李:我从你的《第十交响曲》第一乐章中就听到不少很"现代"的和弦,虽说仍属调性音乐,但已经很"前卫"了,如果你能够完成的话,可能是另一个里程碑,现代主义音乐的开始,不能让勋伯格专美于后……

马:唉,我还是没法完成,草稿都大致写好了。

李:后世至少有五六个作曲家为你竭尽绵薄,把你的草稿作为依据,完成全曲。

马:我知道,在天堂我本来也想改写完成自己的版本,但谁会听呢?贝多芬对我说:"你已经超过我了,我只写了九首交响曲,你写了九首半,其实是十首半,因为《大地之歌》本来可以作为你的第九的。"

李:大师,我最喜欢你的《大地之歌》,还有后来的第九,那最后快结尾的时候,那种出奇的宁静,像一个垂死的人最后终于求得心灵的依归后,才断了气,最后那一个音符,真像断了线的风筝,就在那一刻,你的灵魂飞向天堂,不必天使召唤了,你已经修成正果,天堂之门早已为你而开……

马:李先生,你真有点走火入魔。其实从作曲法上我只不过故意要打破最后的重复结句(recapitulation)的常规而已,你听得有点神乎其神了。最近在哪里听到的?

李：去年夏天，在瑞士的琉森，阿巴多(Claudio Abbado)指挥琉森节日乐团。马勒先生,现在有专门指挥你的交响乐全集的指挥家,例如伯恩斯坦(他自以为是你的再生）、腾斯泰德（Klaus Tennstedt）、夏伊(Riccardo Chailly)、索尔蒂(Georg Solti)、辛曼(David Zinman),当然还有阿巴多，他们都录制了你的全套交响曲。甚至在香港,只要有你的作品演出,必定会有大量听众到场,不少年轻人是你的粉丝,在中国内地、台湾,新加坡也是如此。音乐无国界，你的交响曲真的可以感染不同种族和文化背景的人。在华文世界,连你的名字也耳熟能详了,海峡两岸都叫你马勒——尊敬的马先生，愿你在天堂永远安乐。在我结束这个访问之前，我还是想问你最后一个问题——这也是我的马勒迷朋友们要我代问的:你的作品中你个人最中意哪一首?

马:这个问题我怎么能回答呢? 我的所有作品都是我生下来的孩子,我各个都爱,有的孩子早生下来,如第一到第四交响曲,好像血缘互通,都用了我早年写的《青年魔号手》中的几首歌曲主题,到了我的中年,又生下三个较"纯种"的交响曲——我五、六、七,内中没有人声;到了第八和《大地之歌》,算是两个"怪胎",人声合唱团又回来了,也许是我到了中年后的作品,事业有成,对人生的意义有所理解,但还是在追求艺术上的完美和永恒。到了《第九交响曲》,的确到了我即将离世之年,也许刚才你的诠释也不无道理。反正我这一生就是这个样子,我已尽了全力——事业、爱情、艺术创作——也留下一点遗产,如何评估,就由你们后世人自己决定吧。

李:马勒先生,你在天堂还听你自己的音乐吗?天堂里的天籁之声,是否像你的《第二交响曲》最后一个乐章所描写的样子?

马:天机不可泄露,任你幻想吧。不瞒你说,我刚刚还和我的大女儿在听我的《第四交响曲》的最后乐章,那段歌曲很好玩,大女儿百听不厌……

至此,与天堂的通话系统被编者切断,勒令我即时把这段对话写出来,月底前必须交稿。

2011 年 3 月 26 日于香港

188

我和马勒的缘分

我是一个马勒迷，而且也写过不下十数篇有关马勒的文章。今年是他逝世一百周年纪念，去年（2010）则是他诞生一百五十周年，世界各地的交响乐团都在这两年演奏多场马勒交响曲。今年5月在德国的莱比锡将举行马勒节，请了五六个乐团把他的九首交响曲全数奏完。在香港，我刚听过香港管弦乐团在大师迪华特（Edo De Waart）指挥下演奏《第六交响曲》，震撼之至；去年11月，台湾的交响乐团由新任音乐总监吕绍嘉带领在广州音乐节演奏马勒第五，惊天动地，我听后更感受到马勒在我心灵中的威力。

为什么我如此崇拜马勒？人到老年，理应进入巴赫的宗教世界，但我依然恋眷尘世，总觉得马勒的音乐更得我心。他似乎徘徊于"世俗"与"超脱"之间，在生和死的边缘挣扎,那种排山倒海式的音乐波浪,把他的激情用最直接的方式(但在配器方面也千变万化)传到每一个听众的耳际和心中,引起无穷尽的幻想。所以我常说,每一个人都有自己心目中的马勒。

我发现马勒,是在成年以后。在台湾成长期间,听过他的名字,但从来没有听过他的音乐,连唱片也付之阙如。一直到大学毕业后,到美国留学,才从收音机上听到片段,引我入胜,但不知出自他的哪首交响曲。我猜电台上播放的必是伯恩斯坦指挥的唱片(他在六十年代带动了整个美国乐界的马勒热)——热到其他指挥也禁不住和他分庭抗礼,连一向稳健的莱因斯多夫(Erich Leinsdorf)——他当时任波士顿交响乐团指挥——也特别演奏马勒的《第三交响曲》,那是我现场恭聆的第一场马勒音乐会,曾经为文记之。那一晚我迟到,匆匆走上音乐厅顶楼,在门外听到第一乐章的开头,顿时就镇住了,全长八十多分钟的交响曲,似乎一刹那就奏完了!(那一场演奏,后来 RCA 公司录成唱片,与马勒第一发行套装廉价版,它并非乐评家视为上乘的诠释,但对我依然珍贵。)

后来又在普林斯顿大学的室内运动场中听到索尔蒂指挥芝加哥交响乐团演奏马勒第五,也曾为文记之。那一

190

场更令我感动，后来就此成了索尔蒂和芝加哥交响乐团的粉丝。上世纪八十年代我在芝加哥任教，听马勒的机会更多，名指挥除了索尔蒂之外，尚有朱里尼(演奏第一和第九)、阿巴多(演奏第七)，至今印象良深。九十年代中我转到哈佛任教，又听到小泽征尔的第五、海汀克的第七、拉图的第四……数不胜数。但第一次现场听到马勒第八(号称"千人交响曲")却是在纽约，由冷峻而一丝不苟的布列兹指挥纽约爱乐，竟然也气壮山河。

这些现场的回忆，尤以阿巴多的最为"刻骨铭心"，我听他指挥马勒第九有三次之多，最后一次是去年夏天在瑞士的琉森，在此之前，我又特别飞到北京听他指挥琉森乐团演奏马勒第一。

听马勒，必须在现场，那种感觉是任何唱片和音响系统复制不出来的。因为除了雷霆万钧的音乐外，还有一种由之而起的"人气"，一种集体的感情波涛，汹涌荡漾，直达天庭。现尊编者的要求，列下五张我最心爱的唱片录音，恐怕与一般乐评家选的不同，只能立此存照，不尽客观。

从壮年到老年，随着年龄日增和心境的变化，我喜欢的马勒交响曲当然有所不同：年轻时候喜听他的第一和第三，后来又移情到第二、第四和第五；中年以后才逐渐开始欣赏第六和第七;进入老年之后,才觉得《大地之歌》与我心有戚戚焉,愈听愈感动。但第九一直是我心爱的马勒曲目,听的次数也最多(另一首是第五)。只有他的第八听的最少,而且只喜欢后半部。

最近访问指挥大师迪华特,原来他也不大喜欢第八,但友人林衡哲在他的新著《西方音乐巨人——马勒》中则认为第八是最伟大的作品,见仁见智,可能与现场聆听的经验有关。但所有马勒的粉丝,一生都对他忠心耿耿,此情不渝。

附录:
我最心爱的马勒唱片版本

以下排列不分名次,〔〕内为另套选择。

《第二交响曲》:伯恩斯坦指挥纽约爱乐(DG)

《第四交响曲》:塞尔(George Szell)指挥克利夫兰乐团(Sony)

《第五交响曲》: 索尔蒂指挥芝加哥交响乐团(Decca)〔《第五交响曲》:夏伊(Riccardo Chailly)指挥皇家阿姆斯特丹交响乐团(Decca)〕

《大地之歌》:克列姆佩雷(Otto Klemperer)指挥英国爱乐乐团，独唱者为 Christa Ludwig/Fritz Wunderlich(EMI)[《大地之歌》:瓦尔特指挥维也纳爱乐，独唱者为 Kathleen Ferrier/Julius Patzak(Decca)]

　　《第九交响曲》:阿巴多指挥柏林爱乐(DG)[《第九交响曲》:卡拉扬指挥柏林爱乐(DG)]

《沙滩上的爱因斯坦》与《茶花女》

　　第四十一届香港艺术节已圆满闭幕。一百多场演出我只看了八场,无法以偏概全。和往年一样,这是一个多元的节目,迎合多种品位,但今年的古典音乐节目较往年稍弱。此次我只选了四场音乐会,另外三场是戏剧。最难归类(也是令我印象最深的)是一部别开生面的"音乐戏剧"(music theatre):《沙滩上的爱因斯坦》(*Einstein on the Beach*)。朋友问我对于这部四个半小时的经典名剧观感如何,我回答说:既闷又有意思,甚至愈闷愈有意思。此话表面上自相矛盾,但的确是我的感受。别人可能闷得发慌,想早离席;我却闷得入神。为什么?

　　经典之成为经典,并不一定是它享誉经年,持久不衰,而是它最能代表一个时代的艺术印记,这个时代已经过去了,现在重新发现,依然令人震撼。《沙滩上的爱因斯坦》

出现的背景是美国上世纪六十年代末期，格拉斯和他的合作者罗伯特·威尔逊(Robert Wilson)还不过三十来岁，初出茅庐。格拉斯在访问文章中承认：威尔逊和他是"Marcel Duchamp，三十年代的超现实主义，和 John Cage 的直系子孙"。换言之，他们继承的是一个二十世纪西方现代主义的先锋艺术传统，到了六七十年代，这个传统余晖犹在。在舞台上仍有创新的空间。如今好莱坞商业电影泛滥，影响所及，当年的"先锋派"已不容存在，观众的欣赏习惯也彻底改变了，最佳的例证就是最近最红的歌唱电影《悲惨世界》(Les miserable)，其叙事方式直线进行，感情充斥，镜头直逼人心，观众感动之余还以为是真情。相形之下，《沙滩上的爱因斯坦》看来很冰冷，动作很慢，叙事抽象零碎，内容不明朗，甚至不知所云，它的音乐和歌词如与《悲惨世界》相比，更像是"语无伦次"，到底演员说的是什么话？除了四幕九场之外，开场和结尾还有所谓的 knee plays(膝盖剧)，两个人物滔滔不绝的对话，似乎毫不连贯，一般观众(包括纽约首演时的观众)一定"听不明"。在我听来，语言的内容是否有连贯性并不重要，重要的是它开创了一个舞台上的"意识流"，直追二十年代的 Gertrude Stein 的语言形式，换言之，语言也是一种"表演技巧"

195

(performative act)。如果再谈下去,真需要为此剧作一篇现代主义的论文了,就此打住。

为什么我听不明但依然津津有味?另一个原因是:舞台上的几个场景和画面都和所谓"现代性"(modernity)有内在的联系:第一幕的火车头,第三幕的"夜车",第四幕的楼房,这些都是现代性的符标,把观众带进一个将来和过去时间的吊诡,并借此引出爱因斯坦的相对论。有评者指出此剧对爱因斯坦的理论曲解,我认为并不重要,爱因斯坦只是一个象征式的"幌子",带出来更多也更引人的指涉:譬如第一幕和第三幕的两场法庭审判,法官面前还摆了一张大床,可以升降移动。我看这两场戏,时而觉得闷,因为我一时不得其解:为什么有两场法庭,而且显得重复?后来突然想到了卡夫卡,这不就是卡夫卡小说中的"经典"场面吗?审判和监狱,在卡夫卡的作品中几乎无处不在,几乎变成了二十世纪的历史"寓言";而那张床不就是卡氏的短篇小说《在囚徒之地》(In the Penal Colony)中的行刑工具吗?联想到这里,不禁兴奋起来,法庭场面的枯燥,也不在意了。恰如格拉斯所言,这部作品的意义需要观众自己来完成。

这个剧本以爱因斯坦为名,可能是偶然,也可能意有所指。我个人认为是借这位二十世纪最有影响力的科学家来探讨时空关系对现代艺术的影响，这又是一个大题目。早期的威尔逊就是喜欢搞有思想性的大题目，但他的做法却是小中见大，在此剧中，演员（包括舞蹈）的动作表面上不停重复，就像格拉斯的音乐一样，其实不然。格氏并不承认他的音乐属于所谓"简约主义"（Minimalism），也不承认重复，只要求观众仔细聆听小节之间的变换，细微得几乎听不出来。老实说我并不能从头到尾聚精会神地听，因为我被威尔逊设计的布景震慑住了，第一幕的火车头尤其精彩。好久没有看到这种既抽象又奇特的艺术创作了，比他的《三个便士歌剧》（*The Three Penny Opera*）有过之而无不及。当然这又是我的主观意见。

不论你喜不喜欢，《沙滩上的爱因斯坦》的经典地位已毋庸置疑。另一场经典，我该看而未看的，是美国芭蕾舞团演出的英国大师 Kenneth MacMillan 的《罗密欧与朱丽叶》，较《沙滩上的爱因斯坦》稍早，但也同是上世纪中期的艺术杰作，我失之交臂，甚为可惜。相形之下，美籍华人黄哲伦的最新作品 Chinglish 只能算是"小巫"，耍的是小聪明，却要表现一个中美文化差异的大问题。虽然演出很得现场观众欢迎，笑声不绝，但是否经得起考验？看来迟早会被其他类似题材的作品取代。

今年香港艺术节的压轴戏是威尔第(G.Verdi)的歌剧《茶花女》,由意大利南部拿坡里的圣卡洛歌剧院的全班人马演出,外加一场庆祝威尔第诞生二百周年的音乐会:"非凡威尔第"(两个节目的节目单中竟然把作曲家的生日错印为1831)。我躬逢其盛,对歌剧的演出甚为满意,但音乐会却有点哗众取宠,除了合唱团表现出色外,乐队的音响只有强弱两种,指挥差强人意。反而在歌剧的伴奏中乐团的音色较为细致。

《茶花女》可谓最适合华人观众口味的歌剧。其"跨文化"的渊源可溯自晚清林琴南脍炙人口的文言翻译名著,和"五四"时期刘半农等人的白话译本。威尔第的歌剧保持了原来故事的结构,但没有小仲马原剧本的社会批判,只以三幕戏把故事浓缩成三段感情场景,也更突出女主人翁Violeta的个性,其他人物——包括男主人翁Alfredo及其父Germont——都成了陪衬。原著小说中的男性主体叙述(本来就是小仲马自己的故事)变成了女性;"才子"虽然多情,却比不上"佳人"的情操,更令人一掬同情之泪。

此次演出,饰演茶花女的女高音Carmen Giannattasio不负众望,唱做俱佳。这是所有威尔第歌剧中最吃重的女高音角色,她的声音洪亮,从头到尾,一气呵成。(我看的是第一场)演的虽然动人,但还是比不上早年的 *Teresa Stratas*(1985 年 Zeffirelli 导演的版本,后拍成电影;更早的卡拉丝主演的版本没有影碟)。我看过此剧多次,每次最感动的是第二幕第一场,茶花女见到爱人之父,决定牺牲自己,突然扑向 Germont 怀抱,向他求情:"请你像父亲一样拥抱我一次吧!"这一场两人的二重唱的音乐也是天衣无缝,威尔第的天才在此表露无遗。唯独此次我没有特别感动,看来可能是导演故意的安排,把高潮放在最后一幕:开场时乐队奏出极动听的弦乐间奏曲,导演 Ozpetek(土耳其出生的意大利电影导演)就展示他的电影手法:Violeta 睡在病床上,她的梦魇和臆想以蒙太奇的方式出现,别开生面。全剧三幕的舞台布景也以此景最简单——只有黑幕前的一张床。

我觉得这个圣卡罗版的《茶花女》最富"原汁原味",没有故弄玄虚,或把故事现代化。它的布景基调似乎是淡黄色的,十分柔和,令人更能感受音乐的动人旋律,连威尔第最典型的"三拍子"乐句也变成感情起伏的波浪,毫无其他历史题材歌剧中的雄赳赳之气。这也是我个人最喜欢的两首威尔第歌剧之一,另一部是《奥泰罗》。

那天,我看见歌剧里的萧红……

　　香港艺术节委约制作的歌剧《萧红》于 2013 年 3 月 1 至 2 日晚在港公演三场。我身为中国文学研究者兼业余乐评家,岂有不捧场之理。3 月 2 日晚观后,颇有所感,愿以此文就教于同好。

　　萧红生于东北,死于香港。由香港的艺术家为她谱写歌剧,理所当然。本剧的编剧者意珩来自东北,但定居香港;作曲者陈庆恩是港大音乐系的教授;导演黎海伦是香港的名舞蹈家,此次合作可谓珠联璧合(据闻电影导演许鞍华也正在筹拍一部有关萧红的电影)。成效如何? 见仁见智,我只能略抒个人的看法。

　　萧红是一位文坛才女,她的乡土小说《生死场》和《呼兰河传》早已成为经典。她的一生坎坷,充满感情上的波澜。编剧意珩女士认为萧红一生孤寂, 但生命的色彩是

"火红色"的,意犹又说:"我只想用我的语言切进她的独到之地,塑造这个女人更明灭更涌动之处。"换言之,在剧作家心目中,萧红"独到之地"是一种情感上的"主体性"。这是一种较为抒情的构思,也使得这部歌剧的结构不重戏剧性和叙事,而由五场(序幕、尾声和三幕戏)抒情式的场景和画面(tableaux)组成。对于一般不熟悉萧红生平的观众而言(我看的那一场就有不少西方人,包括港大音乐系的教授),反而不明所指:到底萧红独到之处何在?是她遇人不淑和萧军的婚姻失败,还是她晚年流落香港,生活潦倒?抑或是她在上海和文坛泰斗鲁迅的一段特别关系?表面上这三方面都在歌剧三幕中展现出来了,但仍觉不足。港大的一位意大利籍教授观后对我说:此剧不够戏剧性,因为歌剧形式本身就必须有戏剧性,威尔第和普契尼的经典作品足可代表。当然,我们也可以说:德布西(Claude Debussy)的歌剧《佩里亚斯与梅丽桑德》(*Pelléas and Mélisande*)却是反戏剧性的,或者说是一种内心的反射,而非外在的激情。但萧红非印象派或象征主义的作家。

既然如此,又如何表现剧中三幕的主要人物?第一幕和第二幕描写的是萧红和萧军的感情,然而编剧者意犹似乎更偏重萧红对于呼兰县的乡土怀念;萧军成了配角。

如果用戏剧性的写实眼光来编这个剧本，萧军显然是个莽汉,对萧红可能有虐待[这是美国的萧红研究专家和翻译者葛浩文(Howard Goldblatt)亲口告诉我的],两人个性上的冲突可以变成戏剧高潮。但在此剧中年轻萧军的造型像是一个典型文艺青年,毫无东北"壮汉"气息。萧军的文学才华显然比萧红差得多,他的成名作《八月的乡村》和萧红的《生死场》比起来,无论语言或叙述技巧都不成熟。然而当两人流浪到上海后,还是萧军的作品更受到尊重,因为内容直接反日;《八月的乡村》迅即被翻译成英文。唯有鲁迅对萧红情有独钟,而萧红在她的《回忆鲁迅先生》的书中也充满了感情的回报;两人表面上犹如父女,鲁迅对萧红关怀备至,双方感情绝非寻常。我认为这两个人物和这两段故事,都表现不足。此剧的作曲家陈庆恩教授说:"歌剧不是流水账般说她的一生,而是着重在她生命中的最后十年,以及几个主要人物对她的影响。"说得不错,但这几个重要人物对她的影响还是刻画不足。

歌剧必须有人物,才能有戏剧性的冲突可言;诚然,如果完全不重戏剧、只重主人公的内心感情波动,也可以写为歌剧,勋伯格(Arnold Schonberg)的 *Erwartung* 和普朗(Francis Poulenc)的《人之声》(*La voix humaine*)皆是独白式的歌剧，但依然充满戏剧性的张力。我本以为意珣的意图乃在于此，以情感波动的"流水账"作全剧的主轴，但看来并非完全如此。

从萧红的主观情绪而言，除了感情上的纠纷外，她的个人回忆是和历史背景是分不开的。萧红的一生，受到历史变乱的影响甚巨，如不是日本侵略东北，她和萧军也不至于流亡到上海；两人如果志同道合，说不定萧红也会随萧军去了延安。个人的抉择背后就是历史的阴影。在这一方面，把主观的感情放在前台而把历史上的大事件作为隐约的背景的写法，当然以张爱玲的《倾城之恋》最精彩（这两位女作家在1940年同时在香港）。歌剧照样可以描写历史，端看怎样处理，不过本剧显然把历史的因素淹没了。也许这部《萧红》言明是"室内歌剧"，所以历史描写只好割爱。然而为什么把丁玲也拉进去？而且戏很少。难道只是为了暗示萧红有革命意识？抑或像张爱玲一样，反对历史洪流，不关心革命？我猜不少西方观众——说不定也有不少的年轻一代香港人——连丁玲是谁都不知道，遑论延安。也许丁玲这个角色，只是为了多加一个女高音？

第二幕萧红和鲁迅的那一段戏，也没有把鲁迅在萧红生命中的重要性表露出来。后来萧红在日本闻到鲁迅死讯，她的悲伤的原因又何在？从剧本的构思推想，可能与死亡意识有关。萧红见到鲁迅的时候，鲁迅的内心已经相当"黑暗"，不时流露对死亡的絮思。不错，鲁迅的确在生前最后一两年写过几篇关于死亡的杂文，包括一篇"遗嘱"。但歌剧引用的《墓碣文》中字句："于浩歌狂热之际中寒；于天上看见深渊……"则是他早在 1925 年写的散文诗（后收入《野草》）。剧作者当然可以视剧情需要而改置，然而鲁迅的"死的情结"（death obsession）是否对年轻的萧红心理上真有如此巨大的影响？我倒是存疑。鲁迅晚年也感到孤独；两个孤独的灵魂可以连在一起，这个微妙的亲密关系形成一种畸形而微妙的浪漫情操，单是以一场各说各话的二重唱不足以表现。也许是因为我以前研究过鲁迅，中毒太深，所以责之太切吧。

我觉得最可惜的是香港部分明显不足，只在序幕点到萧红的病，但还是被故乡农村的回忆取代了，尾声也是如此，至少我并没有感受到"浅水湾/赤柱海边，月光安抚着逝去的声响，海浪和岩石似乎在对话"。这可能是编剧本人也来自东北，而且过分抒情的关系。总而言之，如果故事构思着重女主人公一个人挣扎奋斗的感情"流程"的话,音乐上的抒情势必也要强化。如果要考虑历史背景和其他人物,一个小时十五分钟的歌剧太短了,至少我觉得意犹未尽。

以上对于此剧构思的批评意见只代表我个人看法,偏见难免。

虽然构思有不足之处,但我觉得意珩的歌词还是下了很大的功夫。她从萧红的小说和鲁迅的杂文和散文诗中凝聚不少佳句,有的句子很长[作曲家则以一种接近"说白"(recitative)的方式解决],但大部分的歌词都十分"可唱",歌词的意象既热烈又多彩多姿,印证了剧作者所谓的"火红色"的基调。然而这种歌词也需要多彩多姿的抒情式音乐表现出来。这就牵涉到音乐如何抒情的关键问题。

我认为剧作者和作曲者的风格有相当大的差异,前者的文句充满激情,但后者的音乐却处处避免"温情主义"式的激情陷阱,换言之,陈庆恩不想学普契尼。他毕竟是一个现代作曲家,对于现代西方的作曲法十分熟稔,配器尤其精彩:只用十二种乐器,中西皆俱,搭配得天衣无缝。而乐器中弦乐器只有一把中提琴和一把低音提琴,外加一把胡琴,反而用了不下五种铜管和木管乐器,外加中

205

国的笙和琵琶；还有两三种敲击乐器，包括钟，音响效果十分动人，但并不浪漫抒情，至少不会作普契尼式的抒情。萧红这个角色的独唱倒有几首，但很难说是属于抒情的咏叹调。总而言之，歌词中处处流露的热情意象的句子（例如节目单上引的"眼底流动的火是熔化的珊瑚、像珊瑚的心、轰轰烈烈旨在心中"）；所以此剧的英文名字是 *Heart of Coral*，似乎需要一种对等的热情乐句。我觉得陈庆恩的长处并不在此，也不在吟唱，而在于对各种乐器搭配出来的声音与和弦效果的独特掌握。总而言之，如果音乐中也带有激情的话，端赖乐器，多于歌唱。从作曲的角度来审视，乐曲的结构一气呵成，十分完整，甚至连"调性"（在经过各幕各场的变化后），也有始有终。无疑是一部杰作。陈教授以前的作品也是以器乐为主，从来没有做过歌剧，这是第一次尝试，有此成绩，已经难能可贵。

全剧有不少作曲细节可圈可点。例如他以中乐器让我们感受到农村节庆的喜悦（第一幕）。他还不忘在第二幕加上一把略带俄罗斯风格的手风琴，让我们感受到东北的俄国影响。尚有其他"引用"片段，如丁玲劝萧红去延安时，故意引了一句解放军歌曲。这一切都值得激赏。然而我听来听去，就是不够抒情！也许我对歌词的理解与作曲家不同；也许在现代音乐的领域中，纯粹的抒情是一大忌讳，试观近二十年来的西方歌剧新作，浪漫抒情的几乎绝种！恐怕英美最后的一位"抒情大师"就是过时的 Samuel Barber 吧。他的歌剧如今无人问津。

中国作曲家如何用西洋歌剧的现代手法来表现中国人物和故事？近年来我看过的此类尝试，只有郭文景的《诗人李白》比较成功，令我佩服，但该剧的构思和英文歌词也居功甚伟。郭先生根据鲁迅写的《狂人日记》我没有看过，据说音乐语言十分"新潮"。谭盾的巨作《秦始皇帝》在美国大都会歌剧院公演时评价也不佳。前年香港歌剧团演出的《中山逸仙》更彻底令人失望；去年看的《赵氏孤儿》则太过保守，毫无新意。倒是"进念二十面体"的《利玛窦》(也是一首室内歌剧)意外地可取。也许是我对歌剧创作的要求太严了吧，所以才写此长文，一抒己见。

莫扎特的《女人心》

　　莫扎特的歌剧《女人心》(*Cosi fan tutte*)乃是我最心爱的歌剧之一,它虽比不上《费加罗的婚礼》那么完美,但第一幕中"妙曲"连珠——独唱、二重唱、三重唱、四重唱、五重唱、六重唱——接踵而来,真是像大珠小珠落玉盘,令人心醉。此次香港国际艺术节邀来巴伐利亚国立歌剧院演出四场,我看的是 2 月 23 日晚的首演,甚为开心,原因却与女人无关。我指的还是音乐。

　　为什么我只说第一幕?原因有二:一是它与我个人经验有关;二是我觉得第二幕的剧情不能令我信服,虽然在形式上有其完整性。

　　一

　　那晚歌剧一开场,听到费兰多唱出第一声,我就禁不住会心微笑(可惜老婆不在身边),此曲太熟悉了,五十年前的回忆立即涌现脑际:那个时候我还是一个刚满三十岁的青年, 在美国东北部的一个小学校达特茅斯学院(Dartmouth College)找到我第一份教书的工作,当时正年少气盛,白天上课,晚上赶写博士论文,竟然还有精力和胆量参加一个业余的歌剧工作坊唱歌。我喜欢音乐,但毫无声乐训练,怎有资格参加? 原来这个小城和小学校——虽然也算名校——实在缺少专业歌唱家, 我任教的历史系主任夫人却是以前在大都会歌剧院唱过的, 退休后赋闲在家,当然不忘旧业,于是组成这个业余班子,定期表演。那一学期的剧目就是莫扎特的《女人心》。她到处找能唱男高音的人,竟然一时落空,于是就想到我。原来她觉得我说话的声音是男高音,认为我是可塑之才,于是硬把我拉来,并自愿为我恶补两三堂课,教我丹田发声的方法。我学了一个多月才知道这个费兰多的角色是男主角之一,几乎吓破了胆。该剧主角有四,两男两女;故事有点像闹剧(所谓 opera buffa),此两男和一对姐妹花订了婚,与人打赌女人不会变心,所以假装出征,然后改扮成阿尔巴尼亚人分别引诱彼此的未婚妻。第一幕就到此结束。

记得本来的计划是以音乐会形式演唱全剧, 但我们这些业余人士实在不能胜任（只有一位女高音受过专业训练），练来练去，时间不足，于是决定只唱第一幕，现在回想起来，实在是一个明智的决定。

第一幕的妙处就是音乐上的"配对"：两男先唱，立刻引出第三个男角，也是一个关键人物：唐艾方索(Don Alfonso，是晚由著名男中音 Thomas Allen 爵士饰演，可谓绝配，因为这个角色也是一个"爵士")，他代表的是十八世纪的贵族，对人性和人生的态度很世故。我认为此剧的关键就在于此：它是从一个贵族的眼光看世界，而非中产阶级或平民(容后再论)。

这对姐妹花也有女仆 Despina 伺候，女仆对爱情的态度更自由放任。这一幕唱到最后，六个角色各怀鬼胎，唱出六种不同的声音，莫扎特神通广大，把各种重唱发挥得淋漓尽致，这一幕从头到尾就是一串多彩多姿的"集体"(ensemble)歌唱表演。记得我当年在排练时就怕跟不上或晚一步进入，所以每晚在家猛听此剧唱片(我用的版本是由 Eugen Jochum 指挥，歌者皆是一时之选，此片最近又重新廉价发行)，背谱死记。别人都轮到独唱一曲，但我的独唱却被"老板娘"删去了，原因自明，我的训练最差！

好在公演时没有出错，赢得不少同事和学生的掌声。

那是一次毕生难忘的经验。

二

为什么我说第二幕不能令人信服？这就牵涉到时代背景和演出的诠释问题。此次演出，由巴伐利亚歌剧院的当家导演 Dieter Dorn 执导，似乎把时代略为"现代化"，从服装设计看来，像是十九世纪，于是就牵涉到诠释上从古典到浪漫的问题，简单地说，就是在第二幕如何处理爱情和欲望，表面上揶揄的是女人，其实男人可能更不忠心。此次演出，两个"阿尔巴尼亚人"扮相甚为滑稽，如以写实主义的态度观之，完全不真实，一看就是假的。然而从十八世纪的贵族习俗看来，此乃假面舞会的常态；这种"假扮"的背后是一种世故心态，认为非但人生如戏，而且人性本身也不天真，文学上的讽刺因此而生，尤其是启蒙时代的贵族人士如伏尔泰和狄德罗(Diderot)，更是如此，在其文学作品中表露无遗。他们世故，也讽刺世故背后的虚伪；他们揶揄天真，但也从天真女性被摧残的遭遇刻画人性，往往入木三分[例如 Laclos 的小说《危险的关系》(Les liaisons dangereuses)]。我认为莫扎特不免受到这股潮流的影响，和他的编剧合作者 Da Ponte 联手织造出这部喜剧，出发点就是唐艾方索这个角色；换言之，其立场是自上而下的讽刺，但也含有对于人性弱点的谅解和怜悯。

问题恰由此而出：爱情的价值呢？这对男女是否真心相爱？如从十九世纪的浪漫主义看来，当然是，所以真爱可以带来和解，两对"原配"也可大团圆。但从上面所说的十八世纪世故观点看来，此种爱情观未免可笑：人性有各面，复杂矛盾交缠于一身，所以必有弱点。据说有的导演干脆把结局改为"错点鸳鸯谱"，让两个男人和引诱的对象结婚，反正生米已经煮成熟饭（谁都看出来彼此都上过床）。十八世纪贵族和现在的二十一世纪"性解放"男女，对此当然无所谓。

此次演出，背景偏偏改成十九世纪。虽然歌者演出卖力，而且声音恰如其分，我还是觉得第二幕有点不伦不类，也连带影响我对莫扎特的音乐鉴赏，总觉得还是第一幕的音乐更精彩。当然，我的主观回忆也在作祟。

观后略览有关书籍，发现原来研究莫扎特歌剧的专家对这部《女人心》也有不少争议：有人认为此剧完美之至，乃 Da Ponte 为莫扎特所写的最佳剧本（另外两部名作是《费加罗婚礼》与《唐乔万尼》），也有人认为这部歌剧有问题，不尽令人满意。又有人从作曲家的婚姻猜测：莫扎

212

特原来爱的是一对名叫 Weber 的姐妹，他本来爱的是姐姐，但她嫁给别人了，于是转爱妹妹 Constanze，所以连婚姻也是任意的，个人经历反映到他的这部歌剧中去了。

向李斯特和马勒致敬

　　李斯特(Franz Liszt)在音乐史上最大的贡献公认是交响音诗。所谓"音诗",顾名思义,在结构上较一般交响曲更自由,往往从一个主题旋律开始,一以贯之,展现出层层旋律上的变奏云彩。然而,李斯特的交响音诗并不以旋律优美取胜,却从和声的创新见长,不少和弦几乎已超越调性的限制。

　　古典音乐的乐迷当不会忘记,去年既是马勒(1860—1911)逝世的一百五十周年,也是李斯特(1811—1886)诞生的两百周年。马勒的拥趸无数,但李斯特的粉丝却不见增多,职业钢琴家当然例外。

　　我至今写过数篇有关马勒的文章,但却未敢问津李斯特。原因之一可能是家母的影响,她原是一位钢琴教师,却很少教学生弹奏李斯特,因为所需要的技巧太难了。

我在旁耳濡目染的曲目多是贝多芬和肖邦，但总是拒李斯特于千里之外。多年后留美求学时，时常去听音乐会，才时而听到李斯特的第一和第二号钢琴协奏曲，觉得颇为动听，特别是第二号，抒情之至，比肖邦的那两首更优美。于是开始买他的钢琴曲唱片——Sviatoslov Richter、Claudio Arrau、Jorge Bolet，各大师演奏的风格也各有千秋，但我偏爱古巴钢琴家 Jorge Bolet，却是由于"近水楼台先得月"：我在印第安纳大学任教时，这位钢琴家也在该校的音乐系担任教授，时常开独奏会，我遂得以在校园现场亲聆，只见他在台上双手——很大的手——飞舞，但坐姿表情却闻风不动，甚至显得郁郁寡欢，奏出来的李斯特乐曲却是无限激情，令我深受感动。

　　Jorge Bolet 在八十年代初才在国际舞台崭露头角，并录制不少唱片，我几乎张张都买。听多了才逐渐领悟到诠释的奥妙。总觉得 Jorge Bolet 演奏李斯特的小曲（多取自其大曲的片段）比大曲更精彩，但那首经典大曲《B 大调奏鸣曲》却奏得不见出色，这就牵涉到如何处理所谓乐曲结构的问题：三个乐章犹如一个大建筑，何处该奠基、何处该堆砖砌瓦、何处阴暗、何处露光，这一切大有学问，并非仅靠技巧的炫耀就可以解决。去年听到王羽佳演奏的唱碟,内中有此曲,非但奏得好,而且对全曲的结构掌握颇有一手,令我大为折服。这小妮子真是前途无量,绝对可以和郎朗匹敌,后者的技巧无懈可击,但对乐曲的诠释尚欠火候。况且还有另一位不可轻敌的对手:Arcadi Volodos,他可称为是 Jorge Bolet 的继承人,奏李斯特得心应手,录制的那张李斯特专辑唱片也甚有诗意。

除了钢琴曲以外,李斯特在音乐史上最大的贡献公认是交响音诗。所谓"音诗"(symphonic poem),顾名思义,在结构上较一般交响曲更自由,往往从一个主题旋律开始,一以贯之,展现出层层旋律上的变奏云彩。然而,李斯特的交响音诗并不以旋律优美取胜,却从和声的创新见长,不少和弦几乎已超越调性的限制,绝对为他的女婿瓦格纳开了先路,但一般听众却不见得那么喜欢听。如《浮士德》、《但丁》、《普罗米修斯》或《奥菲欧》等音诗作品,灵感皆出自神话和文学经典,听来似乎深不可测,不如柴可夫斯基的《罗密欧与朱丽叶》等乐曲那么激情。我在多次聆听之后,才约略体会到内中的某些"深意"——并非思想性的高深,而是乐曲本身所散发的某种深度感。这些音诗,大多是李斯特晚年的作品,当时他似乎已经开始看破红尘,和他的恋人卡洛琳公主未能在罗马得到教皇批准成

216

婚,终生遗憾,遁入空门,做了一个"准"教士,所以也有人在他名字上加了 Abbey(修士)一字。

　　李斯特从赫赫盛名、红遍欧陆的钢琴演奏家,一变而成一个修身养性的出家人,其内心的甘苦究竟如何? 又如何在他的乐曲中表现出来?他的宗教情感如何渗入他的交响音诗? 而他的音诗世界又如何与马勒的交响乐做个比较?这都是值得进一步探讨的问题。我并非专家,不敢妄加评论。好在去年 12 月 17 日有两场讲堂和演奏会,由本港钢琴家吴美乐和第四台的著名播音员杜格尊(Jonathan Douglas)主持演出,地点是茶具文物馆展览厅,相信不少有心乐迷已出席。

　　幼时曾看过一部李斯特的传记片,名叫 *Song Without End*(1960 年),由狄保嘉(Dirk Bogarde)主演。最近找到该片的影碟重看,却不忍卒睹,几乎是两女争一男的煽情戏,毫无深意,倒是内中的李斯特音乐仍值得一听,原来幕后担任钢琴演奏的不是别人,就是 Jorge Bolet,当时他初出茅庐,尚未成名。如今影坛已经不再拍摄音乐家的传记片了。倒是马勒的生平故事仍然有人问津,据闻最近有一部以他的夫人阿尔玛作主人公的影片问世, 我至今尚未看过。

李斯特与马勒的对话

马勒和李斯特，如果两人在天堂相见，如何对话？下面是我的一段"狂想"。

马：李斯特先生，终于见到你了，看到你在天堂上过得这么幸福，而且有佳人相伴。(心想：她又是谁？好像不是卡洛琳公主。)

李：噢，马勒，你那首《第八交响曲》我终于听到了，气魄之大真是了不起，下半段比我的《浮士德》雄伟得多，我只用了一个男高音，你竟然用了八个独唱歌手，还有合唱。

马：大师过奖了，你知道我喜欢你的哪一首作品吗？Totentanz(《地狱之舞》)，我的交响乐有时也从送葬和死亡开始，我的《第二交响曲》和《第三交响曲》就是如此。

李：可惜我早生几十年，未能发现你的天才。想当年我发掘肖邦，力挺瓦格纳，死前还赶到贝鲁特去观赏他的歌剧《崔斯坦与伊索德》(Tristan and Isolde)。

马：瓦格纳正是我的偶像，我从他的作品中学到很多东西。其实我也曾仔细研究过你的作品，从你的音诗中得到不少灵感，没有音诗的先例，我岂敢在交响曲的结构上如此放肆？

李：不过我的音诗比你的交响曲短多了。最长的《浮士德》也不过六十多分钟，只比你的《第八交响曲》的第二部分稍长一点。我倒想问你，为什么你也喜欢歌德的《浮士德》？

马：我家书房的至宝就是《歌德全集》，真是旷世经典，我读了不知多少遍。其实，《浮士德》的故事不也是你一生的写照吗？虽然你没有出卖你的灵魂给魔鬼，但是你的音乐中充满了魔鬼，譬如《魔鬼华尔兹》(Mephisto Waltz)，还有从另一位诗人莱瑙(Nikolaus Lenau)作的浮士德长诗中选用的两段。

李：说起《浮士德》，我当年的偶像却是柏辽兹(Berlioz)，他那首《浮士德天谴》实在太伟大了。我的《浮士德》和他的不同的是：内中有救赎，我还是坚信上帝的。妙的是我们两人都先后从歌德名著的第二部分最后一段得到灵感和启发。

马:英雄所见略同。

李:不过我们在天堂还是不要谈太多魔鬼,我要问你:你那句"交响乐要包罗整个世界"的话是否太过火?对上帝不敬?世界这么大,人世间这么多喜怨哀乐,怎么包罗得了?

马:我没有其他办法,我的音乐就是我的一切;世界就在我的九首半交响乐中。

李:其实我的交响音诗何尝不也是如此?你生在一个宗教传统已经开始衰落的时代,你虽改信天主教,却是为了事业。而我呢?我皈依天主是真心的,你听过我的那首圣诗 *De Profundis* 吗?还有 *Tasso, Lamento e Trionfo* 吗?表面上是向歌德和拜伦致敬,其实表现了不少我的宗教情操,主题就是受难和最终的胜利。

马:对,我的交响乐也是这个主题:受难——煎熬——胜利,直到《第九交响曲》,我才受不住了。

李:但在音乐史上它是不朽名作。但愿我当年有你的作曲才华和胆识。

马:然而你所建立的钢琴独奏音乐会形式,那才是永垂不朽呢,你的钢琴演奏真是前无古人,后来虽有几个来者,还是没有你的英姿和雄风。

李:过奖,过奖,俱往矣!

马:我有一个小小的请求,我曾经为我的《第五交响曲》录过一段用钢琴演奏的唱片,奏得不够好,不知你能不能也弹一弹?几分钟也行,我的钢琴技巧实在比你的相差远了。

李:让我试试看。

可惜天堂距离尘世太远,我们听不到李斯特演奏马勒的钢琴声音了!

沉默的见证者

由香港"进念二十面体"总监胡恩威策划的"建筑是艺术节",已是第二度举行,节目也更丰富。适逢辛亥革命一百周年纪念,所以更加强了历史的因素,制作《中国建筑一百年》的"历史剧场"演出。对我而言,此剧最吸引人之处显然是剧中的主人公——梁思成和林徽因夫妇,我观后感慨万千,因为我曾是他们的好友费慰梅 (Wilma Canon Fairbank)女士的入室弟子兼好友,在她晚年曾多次到她家中聆听她诉说这对传奇夫妇的故事,费女士曾著有《梁思成和林徽因:一对探索中国建筑的伴侣》(*Liang and Lin: Partners in Exploring China's Architectural Past*) 一书,内中引用大量林徽因写给她的书信,两人通信长达半个世纪之久。众所周知,费慰梅是费正清(John K.Fairbank)教授之妻,两人年轻新婚时就到了中国,和梁林夫妇结为好友，这段中美关系，现在看来是佳话，当年却是受到批判的，梁林两人到底受到多少批判？内中心酸又何等？我不得而知，这一段缘分，在这出一百分钟的历史剧中当然也被忽略了。

原因无他，我想胡恩威的目的不在为梁林作传，而是借古讽今，在剧中带进另一对当代夫妇——北京"SOHO中国"的发展商潘氏夫妇作为对比。

这一对早已是亿万富翁，高居中国地产盈利的首几位，在北京和上海购买黄金地段，创意商机，请来大批建筑师为之设计新屋和新社区。而梁和林呢？一生致力教育和文物保育，在学术上贡献卓著——梁思成的中国古代建筑研究至今已被学界誉为经典，但他们为了保护北京旧城墙所做的努力却完全失败。剧中，梁思成流着泪说：每拆下一块砖就好像剥了他一层皮，我观看时也热泪盈眶。梁思成曾建议新政府中央的办公地方建在旧城门外，但被决策者否决。全剧最感人的演出，是来自台湾的演员高若珊饰演的林徽因。在上半场她已经把张氏这个成功的女人演得惟妙惟肖(但仍然温柔)，甚至连普通话也有内地腔而全无台湾口音（这本身是否又形成一种反讽）。一人饰两角，由张氏变成林徽因，高若珊表现的是一种文静而婉约的气质，难得有一个年轻演员对角色揣摩得如此细致。相形之下，香港演员杨永德的表现只能说差强人意，他在上半场饰演商人潘氏，几乎全然被动，无戏可演，所有重要名词都被张氏抢光了，真人是否如此？我不得而知。

把这两对夫妇放在同一剧中，可谓创意十足，而且反讽的意味更是呼之欲出。

妙的是剧作者把潘张这对夫妇的成功故事放在前面；梁林夫妇失败的故事在后，而在中间插入一百年历史大事的年表，一律倒叙，从今到昔，这又是一种激人反省的手法，建筑变成了一个沉默的见证者。

然而它令观众反省的究竟是什么？

剧终后，见到不少学生在填写问卷，我没有填，心中倒有点好奇，如果问卷中有一题是：如果你可以选择做这两对夫妇的跟班随从的话，你要跟谁？最简单的回答可能是："先做梁和林的学生，然后投身到张氏的事务所，赚大钱，两全其美！"当然也会有人回答说：梁和林虽然值得赞美，但他们那个理想时代早已一去不返了，不如跟随"SOHO中国"做创意工作，甚至将来做其在香港的代理人。

什么是成功？什么是失败？价值权衡标准是什么？

剧中张氏引用了一句名言:Small is beautiful,说来好听,而且"SOHO"本来指的就是 Small Office Home Office,但张氏承认:这个新建的北京社区并没有达到这个目的,而是和原意相反:反而吸引了更多的小公司来此办公,有的把办公室兼作住屋;换言之,居住成了次要的考虑。也许这家发展商的基本考虑本来就不在居住,而在写字楼;如果真的盖房屋,必是豪宅,只有富人和"小资产阶级"才买得起! 创意在于商机,剧中张氏说:"只有商业化才能接近民众",这是一个典型的全球资本主义的"在地化"说法,和早年社会主义的理想大相径庭。也许,这又是两位编剧者——胡恩威和魏绍恩故意设计的语句, 只怕一般香港人当作真理。

如果再进一步,从当今香港的房地产现状来看,"SOHO 中国"的例子未尝不可以借鉴。为什么在香港不能如法炮制同样的社区? 既可以办公又可以居住,而且内中各种商店和消费场所林立,街道又小,适宜行人,甚至可以提高生活质量和品位。问卷中如果有一个问题是:"为何香港的地产商没有这种创意?"答案很简单:地在香港政府手里,而且地价昂贵,所以"石屎森林"实基于经济考虑,没有其他办法。如果只有这一个答案,岂不让所有的香港人心灰意冷,只有拼命揾银购屋一途? 也许,我的心态太接近上一代的梁林夫妇,如果我为问卷设计最后一道命题,必定是:如果梁和林生在今日的北京,他们会设计出什么样的房子?

回答并不容易,因为他们夫妇一生似乎从来没有为自己设计过房子,如我臆测代答,当然是新式四合院,但保留古风。这行得通吗? 现在北京的四合院还剩多少? 谁愿意把全区购下作"持续发展"之用? 我认识的中国建筑师朋友中不乏有才有智之士,可为之设计,但允许吗?

然而更大的讽刺还在市民,据我个人印象式的估计,如果让北京人在新式四合院和高楼大厦两者之中选其一,恐怕不见得有多少人愿意住进四合院吧,难怪张氏的公司发达了!

226

梵志登的马勒

    香港管弦乐团于 2 月 15、16 日两晚演出两场马勒的《第一交响曲》,由该团新任总监梵志登(Jaap van Zweden)指挥,大获成功。几乎所有的当代指挥家都以马勒的音乐作为他们指挥手艺的标志和接掌乐队的"名片"。

    港乐的前任指挥迪华特第一次正式登场就演出马勒第五;梵志登虽以贝多芬第七作为开场第一炮(迪华特以客座身份与港乐"试演"的曲目也是此曲),但乐迷期待的真正重头戏显然就是这场音乐会。

    我听的是第二场,文化中心全场满座,连乐队背面的楼上都坐满了人。作为业余乐评人,此次我早有准备,十五日晨,先和"香港马勒协会"的三十多位"马勒仔"参加乐队的排练,仔细观赏,有人还带了乐谱。完后梵大师(指挥的英文称呼是 Maestro)特别与我等寒暄并回答问题,令我获益良多。因为我曾数次看过迪华特和港乐的排练,于是不自觉地比较这两位荷兰大师的排练技巧,发现有颇多相似之处:几乎每一个乐句都耳提面命式地不断操练,直到满意为止;迪华特像一位有耐性的老师,循循善诱,而梵志登更像艺术家,偶尔不耐烦时会大声疾吼:"圆号声部,怎么老是不吹出全力?"(因座位较远,可能听的有误。)他的指挥动作也较迪华特有劲,有时全力挥舞手臂,使我想起年轻时代的索尔蒂。他的中文名字颇有佛教的恬静意味——我差一点把他的名字记成"梵志澄"——但他的指挥技巧和诠释方式毫不恬静。

梵氏的马勒——特别是这首《第一交响曲》——并不宁静,而是充满活力。诚然,这首马勒年轻时代的作品(他作此曲时还不到三十岁)绝不静穆,但有的指挥往往把第一乐章开始段落处理得十分缓慢,乐队全部用极弱声,好像大自然仍在睡梦之中,慢慢苏醒,连木管乐器奏出的模拟鸟叫声也很微弱,几乎听不见。但梵志登的诠释并不如此,木管声部一开始就清晰可闻。他显然把第一乐章视为前奏:大自然的风光是个引子,把他的感情回忆带出来了,所以速度不必——也不应当——拖泥带水。随后的第二和第三乐章才真正进入乐曲的内心世界,各种旋律和变奏如流水般起伏不定。梵志登处理各声部细节绝不含糊，但直到第四乐章才进入高潮。这种诠释，我认为比较尊重原谱的结构。几位马勒仔朋友也认为梵氏的演绎与阿巴多有几分相似之处，不故意夸张，但在关键时刻撼人心弦（前年我们曾联袂到北京聆听阿巴多指挥琉森节日乐团演奏此曲）。

在排练时，因多次重复试奏全曲各个段落，很难听到其全貌，梵氏也承认那一天乐队的状态不太稳定，已经排练了四次，可能疲倦了。不料演出时超出水准。梵氏对我们说，他刚在美国指挥过纽约爱乐和芝加哥交响乐团演奏过此曲，效果完全不同；随后说出一句妙语："每一个乐队都有一个灵魂"，纽约爱乐的灵魂中尚有伯恩斯坦的阴影，而芝加哥乐团的灵魂仍然充满了索尔蒂，所以他排练时不可能把自己的全套想法硬压在乐队之上，只能和该团的演奏传统互相迁就。于是有人问：港乐的灵魂是什么？梵氏想了一阵，才说出一个英文字：vulnerable。

vulnerable 在此究竟应该作何解释？此字的原意是"脆弱，容易受伤"；换言之，就是港乐没有什么深厚的传统，但也不能管得太严，否则容易受伤。记得迪华特曾经说过 You can't push them too hard（你不能把他们逼得太紧),可谓异曲同工。然而,港乐是晚的演出绝不脆弱,而且充满自信。音乐会完后,我和妻子到后台访友,看到团员各个精神振奋,对当时的表现颇为自豪。一场出色的演出,台上和台下都感觉得到。不错,一个乐队绝对有一个"集体"的意志,那就是士气。是晚的演奏,可谓士气如虹,甚至超出迪华特时代演奏马勒的水准。即使我等乐评人也不应该再挑剔了,否则就有点吹毛求疵。

然而,话又说回来,"脆弱"的传统也可以使一个乐队维持不了它一贯的水准。英国的伦敦交响乐团,美国芝加哥交响乐团(CSO),更不必提柏林爱乐和维也纳爱乐——这些世界一流的乐团,无论谁来指挥,其演奏水准绝不会低到离谱。最近来港献艺的CSO就是一个例子:原来的指挥慕提(Riccardo Muti)生病,临时找了老牌指挥马捷尔(Lorin Maazel)顶替,排练显然不足,马捷尔对贝多芬《第三(英雄)交响曲》的诠释乏善可陈,速度极慢,然而是晚乐队的演奏依然维持水准,毫不散漫,第一小提琴声部的音色亮丽透明,使我想起四十年前在纽约听到该团在索尔蒂指挥下演奏的《英雄交响曲》。的确,当紧急状况出现时,一个乐队的"灵魂"就会派上用场了。我认为到目前为止,港乐尚缺此能耐。月前梵志登和港乐演奏的布拉姆斯《德

230

意志安魂曲》，就只能说差强人意。一周前演出的巴尔托克《乐队协奏曲》虽然不差，但还是比索尔蒂和莱纳(Fritz Reiner)手下的 CSO 演奏此曲的"样板"水准差一大截。

最后，值得在此一提的是：此次令人难忘的另一个因素是钢琴家陶康瑞(Conrad Tao)主奏的莫扎特《第二十一号钢琴协奏曲》。这位年仅十八岁的天才，在排练时一出手就不凡，我从未听到如此到位的莫扎特！他的右手指法灵活，令人叹为观止，而且连曲中的即兴独奏(cadenza)部分都是这位钢琴家兼作曲家自己创作的！可惜 26 日晚演出时，他在第一乐章末尾独奏开始前似乎有一两个小节"失忆"，但无伤大雅。据闻梵志登有意请这位稀有人才来港作驻团艺术家。梵大师又透露另外一个好消息：他计划明年与港乐演出马勒的第四和第八交响曲，后者是迪华特在港乐任期内唯一未能演奏的一首马勒交响曲。香港的马勒迷有福了。

铃木导演《茶花女》的争议

香港艺术节已于本周开锣，但台湾的国际艺术节却捷足先登，于 2 月 10 日揭幕，第一场就是"两厅院旗舰制作"，演出日本当代戏剧大师铃木忠志导演的流行音乐新歌剧《茶花女》。我有幸获邀观赏，观后一时不知如何下笔作评，不料返港次日就收到消息：台湾的各界文化评论家对之大加挞伐，甚至有人呼吁退票，当然也有人赞赏。

此种两极化的反应在台湾早已司空见惯，足以证明台湾文化界众声喧哗的热闹情况。我身为外来人，却早已读过《茶花女》这本经典名著，而据此改编的威尔第歌剧我也看过多次，但我对于这位日本大师却一无所知，因此也愿借此机会学习。两厅院出版的大型杂志《表演艺术》早在 1 月号就有数篇文章详细介绍铃木忠志，并为了配合此次演出出版一本铃木自己写的专著中译本《文化就是身体》，我读后获益匪浅，但也因此领悟到为什么我观后若有所失的原因。我认为此次演出所揭示的问题是理论与实践之间的巨大差异，也让我思考戏剧改编的跨文化交流的困难。

不错，伟大的艺术作品可以亘古长存，也经得起改编，莎士比亚的戏剧即是一例，然而在改编的过程中如何落实到文化差异的层次？铃木大师深通西洋戏剧，在书中从希腊悲剧到易卜生，广征博引，但他的"文化就是身体"的理论则是从日本的能剧和歌舞伎（kabuki）而来，特重下身肢体，动作较缓，呈现一种庄严和静穆，用之于仪式性的希腊悲剧，可能表现出色，别有新意。换言之，这是一种形式化（stylized）的表演艺术。《茶花女》中铃木把舞会场面完全形式化，与舞蹈无异，然而语言呢？

我本以为这是一出新编歌剧，用的是台湾的流行歌，因此期望看到的是一种有创意的后现代式的"拼凑"（pastiche）戏，内中戏要成分应该不少，也可以借此讽刺《茶花女》的煽情传统。不料观看时才发现，它基本上还是一出很严肃的话剧，只不过加上十三首台湾流行歌曲而已（另加一首威尔第歌剧中的序曲，聊备　格，或许是作一种互文致敬）。说话的分量远比音乐为多，因此评论此剧势必

233

正视语言的问题。

铃木的表演艺术显然以肢体语言为重心。他在书中以贝克特(Samuel Beckett)的荒谬剧为例,认为语言是身体行动的一部分,而"语言离开一般的身体性关系,成了为了说明语言本身而存在的东西"的时候,它的"身体性"就会非常稀薄,甚至消失;①贝克特的戏剧往往不注重对话,而用肢体和静默来反照出人与人间沟通的困难。

然而《茶花女》原是十九世纪一本小说,后由作者小仲马改编为话剧,和贝克特完全背道而驰。它是一部有社会性的煽情戏,不重说话行吗?我在观看时不禁臆想:也许干脆把全剧变成哑剧算了,再配以幕后的歌曲和音乐,说不定效果反而更好,如此则《茶花女》只剩下故事的躯壳,语言尽失。

此次演出的最大问题就出之于语言。说明书上只提到此剧的导演和编剧是铃木忠志,"剧本编修"是林于竝,那么铃木的日文剧本是否出自他本人手笔?或出自日文翻译的小仲马剧本或威尔第歌剧的剧本和歌词?林于竝是否照日文译成中文?果是如此的话,为什么中文的对话

---

① 见铃木忠志的专著中译本《文化就是身体》第 61 页。

中有不少"五四"式的文艺腔？仿佛借用了刘半农的剧本。也许铃木认为这一切都不重要，但戏剧既然是沟通的艺术——"剧场本身就是一种沟通的形式"[①]，那么沟通的对象——观众呢？

剧中有一场戏，是男主角亚芒的父亲私自拜访"茶花女"玛格丽特，在威尔第(Giuseppe Verdi)的歌剧中，这一幕是重头戏，音乐与歌词都极为感人，茶花女的高贵品格在此展现无遗。但当晚的这场戏却令不少观众失笑，因为用的是闽南语，这本不足奇，据说那位饰演父亲的演员说的还是电视剧中的闽南语；还唱了一首歌《爱拼才会赢》，原来是台湾选举的时候唱的，用在此处显然不伦不类，当然观众会失笑，其效果完全违反了铃木严肃的本意。

由这个例子可以看出：语言并不能等闲视之，何况歌曲。这十三首台湾流行歌，我觉得只有最初的《何日君再来》(以二胡奏出)和最后的《绿岛小夜曲》较为适合剧情，其他都显得勉强。况且演员唱时，不准用扩音器，也不准用歌剧训练的唱法，而以"原汁原味"的原声唱出，而且演员在歌唱时又必须注重肢体动作（演亚芒的尤其如此），

---

① 见铃木忠志的专著中译本《文化就是身体》第47页。

235

声音和身体凑不到一起,戏剧性大减,更不必提是否可以引起台湾人的集体回忆了。

铃木说,"戏剧的历史是对于异文化之间应如何对话,以及与异文化之间如何共存的思考历史",一点不错,我十分赞同。然而铃木自己是否对于"异文化"下了足够功夫?不论他是否懂闽南语或国语,他显然对于中文的掌握不足,面对台湾式的中华文化的敏感度也不够。不论他的戏剧理论如何高深,甚至成一家之言,但实践起来还是要经过"异文化"的考验。

此次演出是一场实验,我认为台湾的演员已经尽了全力,不能过于怪罪。责任完全在导演,即使是大师,也免不了遭到一两次"滑铁卢"。

策姆林斯基是谁？ [1]

策姆林斯基究系何许人也？怎么把印度诗人泰戈尔也拉了进来？

原来这首作品用了七首选自泰戈尔《园丁集》的诗篇。这位印度哲人在"五四"时期曾到中国访问，与徐志摩、林徽因合过影，轰动文坛。这本不足奇，但他怎么会被一位"世纪末维也纳"的作曲家看中？港乐宣传海报所谓的"印度异国情调遇上维也纳式的绚丽豪华"(Indian exoticism meets Viennese Opulence)究系何解？这倒颇值得研究。

乐迷们可能听过策姆林斯基的名字，然而不见得熟

[1] 本文资料大多取自于 Marc Moskovitz, *Alexander Zemlinsky:A Lyric Symphony*(The Boydell Press,2010)，感谢乐友路德维将他新购的此书借我一阅。他将在《Hi Fi 音响》杂志发表长文介绍策姆林斯基，并列有所有此曲的唱碟版本。我个人较中意的是：Riccardo Chailly(Decca, 1994)和 Michael Gielen(BBC Radio Classics,1996)指挥的两个版本。

悉他的作品,因为他死后默默无闻,作品直到上世纪八十年代才被西方乐坛发现。我个人也是在九十年代从唱碟中听到这首《抒情交响曲》,但我一直迷恋马勒,竟将这位马勒的同代人置诸脑后。今年是马勒逝世一百周年纪念,举世瞩目,而策姆林斯基呢?今年也是他诞生一百四十年,明年将是他逝世七十周年,也该有所表示吧!也许这就是港乐总监迪华特选这首冷门曲目的原因。对我这个乐迷而言原因无他,我觉得这首长达五十分钟的曲子实在迷人,和马勒根据唐诗谱成的《大地之歌》异曲同工。我既然喜爱《大地之歌》,爱屋及乌,自然会对这首《抒情交响曲》发生兴趣。

马勒和策姆林斯基不约而同地先后从东方诗人之处取得灵感,这不是偶合,因为以中国、日本和印度为代表的东方文化早已经由翻译介绍到了欧洲。马勒读的唐诗出自一册德文译本,策姆林斯基读的泰戈尔也出自 Hans Effenberger 的德文译本,1914 年出版,恰是泰戈尔获得诺贝尔文学奖(1913)的次年。在此之前,已经有捷克文译本。可见泰戈尔得奖并非偶然,他的东方宗教哲学——特别对于神性、纯真和大自然的追慕——在第一次欧战(1914—1918)期间更显得珍贵。

《园丁集》是一部"关于爱情和人生"的散文抒情诗集，共八十五首，英文版初版于 1913 年。内地学者董红钧认为："在这部诗集中，泰戈尔以丰富的想象，奇妙的比喻及暗示、象征手法，细腻动人地表现出了印度青年男女纯真热烈的爱情，热情地歌唱了生命的欢乐。"①然而到了策姆林斯基手里，原诗中的"纯真"和"欢乐"似乎大打折扣，演变出另一个"流浪——爱欲——解脱"的新主题，它的艺术来源不是印度，而是德国的后期浪漫主义。策姆林斯基恰在 1911 年至 1927 年担任布拉格的德国歌剧院总监，《抒情交响曲》于 1923 年写成，1924 年 6 月 4 日在布拉格首演，恰是"布拉格之子"卡夫卡逝世的次日。说不定策姆林斯基也读过卡夫卡？而卡夫卡是否也听过策姆林斯基指挥的歌剧？这是另一个公案。

　　策姆林斯基虽在布拉格作客十多年，他骨子里还是维也纳人，沾染了洗不净的世纪末维也纳"新艺术"文化，其特色就是"颓废"(Decadence)——一种艺术上的华丽美学，克林姆特(Gustav Klimt)的画可以作为代表。但在音乐史上其真正的始作俑者却是勋伯格。早期的勋伯格，作过

① 见《泰戈尔精读》；上海大学出版社，2009，第 43 页。中国自"五四"以来即有大量泰戈尔的译文和研究，名家辈出。

一首经典六重奏《变形之夜》(1899)，我百听不厌，旋律回肠荡气，叙述的是一个奇特的爱情故事：深夜一对情侣在月下散步，女的对男的说："我怀孕了，但孩子不是你的！"结果男人原谅了她。这个故事（出自 Richard Dehmel 的诗篇）的底线是"爱欲"(éros)，也是世纪末维也纳所有艺术的另一个共通点。

策姆林斯基的《抒情交响曲》虽作于二十多年后，但他早和勋伯格相识，他妹妹就嫁给勋伯格，两人惺惺相惜，勋伯格并曾预言，"策姆林斯基的时代"迟早会来临。策姆林斯基和马勒都较勋伯格年长，但却对他的才华爱护有加。勋伯格还写了一首大幅的交响曲：《古雷之歌》(Gurre-lieder, 1911)，全长足足两个钟头，气势之大和马勒的《第八交响曲》相当，但较《变形之夜》更荡气回肠，内容除了"爱欲"之外还加上"死亡"。爱与死——这个瓦格纳歌剧《崔斯坦与伊索德》的主题，终于在世纪末的维也纳大放光彩。所以我们也可以说，《抒情交响曲》是这个维也纳"颓废"文化传统的余晖。真是夕阳无限好，至今听来和马勒的《大地之歌》同样动人，而且更浪漫。

这出交响曲由六首歌曲组成，分由男中音和女高音主唱（与马勒《大地之歌》中的男高音和女中音地位倒置），策姆林斯基把泰戈尔的七首诗编成一个寓言式的故事:前两首说的是男女相遇,中二首则描写深夜缱绻之情,但到了最后,男方想从爱欲解脱。而女方则叹爱情不能永恒。我认为这一个主题是维也纳式的,它把舒伯特艺术歌曲(如《冬日之旅》)和马勒的《旅人之歌》中的"流浪者"传统加于泰戈尔诗篇之上(译文和原诗当然也有出入,有待仔细研究)。谱成音乐后,听来至为"sensuous",突显一种感官上的韵味和美感,用音乐术语来说,就是它是由一系列调性不停转变的音乐"小主题"(Motto)交织而成,整个效果是抒情的,但不失调性,没有像后期的勋伯格一样弃调性而转用十二音律和"无调性"(atonality)。这就是策姆林斯基特意独行之处。

策姆林斯基自己生前也到处流浪,从维也纳到布拉格,后到柏林,但又为了躲避纳粹党迫害逃到纽约,默默而终。

"无极乐团"无极限

　　香港的国乐团体"无极乐团"成立迄今已有七年。我认识该团的艺术总监罗永晖和音乐总监王梓静不到三年，静观该团默默成长，最近又看到由九位年轻女团员——最年轻的才十四岁——的排练和演出，颇有所感。

　　我对国乐的欣赏纯属外行，几乎全从西乐出发，观点有欠公允，所以愿意虚心学习，并以此团作为学习的对象。该团的团员只演奏两种乐器——琵琶和阮琴，皆属拨弦乐器；前者源自中亚，后者来自中土；但阮琴在音色和音量上反而和俄国的民间乐器巴拉莱卡(Balalaika)相似，可以演奏各种音乐。琵琶则技巧较难，须靠用"轮指"，而且和中国文化的古典传统似乎更接近(故有《琵琶怨》而无《阮琴怨》的文学典故)。对于没有受过专业训练的人，王梓静老师的教法是先从"静心诚意"着手，教她们打坐、练习书法,以音乐来陶冶性情,养气修身。换言之,就是先培育出一种中国文化的精神和气息,然后再试图演奏。技巧的磨炼和乐器的掌握——每人皆能弹奏大、中、小三种阮琴,还有琵琶——只不过是初步入门而已,更重要的是训练心灵的交流,团员要共同呼吸,互相聆听,进入更高一层的灵性境界。我亲眼在排练时看到几个看来和常人无异的活泼少女,一进入情况后顿时脱胎换骨,在演奏时各个像仙女一样,浮游于音乐的云端,早已远离尘世的喧嚣。这个经验令我再次悟到一个真理:演奏国乐最重要的不是专业技巧,而是一种更深更广的文化涵养,无怪乎古代文人皆兼通琴棋书画,飘逸于山水大自然之间。

在现代的商业都市,这种涵养是否遥不可及?其实宋明以降早有所谓"市隐"之风,文人和士贾在自己的都市庭园中构筑一个大自然的世界。香港寸土寸金,这种理想世界——即便是人造的——也愈来愈难求,因此更须要培养"心境"。然而不是没有适合演奏小型国乐的场地,12月5日晚该团演奏的地点:九龙钻石山南莲园池香海轩,就很有古典气氛,只不过室内音乐效果略为干枯,余音不能绕梁,乃美中不足。

更大的挑战是曲目。在这一方面,目前"香港中乐团"

演奏的新曲目,远较港乐为多,而且皆是当代华人作家的作品。

我认为国乐的领域仍应推广,何必非大型乐团不可?我从古书上得到的灵感是,小型的演奏可能更适合。但国乐也该创新,不能复古,我想这也是"无极乐团"必走之路。

该团的第二个"七年计划"显然要扩展曲目,吸收新的作品,甚至邀请其他乐器演奏家加入和积极参与。

该团是晚演出九首乐曲,大多是香港作曲家的作品,内中两者还是由该团委约的世界首演:《无心曲》(笛子与阮琴合奏)是吴伟浩的作品,他今年还不到三十岁,乍听像是一首西式的协奏曲,甚至加上大量爵士乐的音阶与和声,还有典型的切分音节奏,这是一个大胆的尝试,效果不俗。笛子既是独奏乐器又是意境的制造者,箫笛演奏家张帆站在各阮琴团员之后,吹出抒情的旋律。另一首新作香港年轻作曲家莫树坚(现在美任教)的《莲叶清响》也是专为"无极乐团"而写的,也是一首彻头彻尾的现代作品,以不同的阮琴合奏音色和音响,来捕捉莲、叶、清、响四种不同的意境,技巧较难。

我个人特别喜欢另外两首作品:一是邓文艺的《宁静的革命》,因我看过排练此曲,所以印象较深,在表面宁静的旋律中听到各种不协和的半音,暗潮汹涌,三个声部的阮琴此呼彼应,最后推向高潮。是晚正式演出时团员似稍怯场,和演奏《周二聚会》时一样,未能掌握内中的节奏和强弱的变化,将来重演时应该更得心应手。

真正的压轴戏是该团灵魂人物罗永晖的《逸笔草草》,由王梓静琵琶独奏,我认为此曲是一首杰作,以前在台北听过一次,此次在近距离(而非高高在上的舞台下)重听,只觉棋逢高手,人剑合一,演奏者早已把技巧融入曲中,既似狂草书法,又婉转有致。我猜此曲必会成为经典。

最后一首奏的是美国作曲家 Barber 脍炙人口的名作 *Adagio For Strings*(《弦乐慢板》),由琵琶带领阮琴奏出,别开生面,但音色有异,初听不甚习惯。如该团出外演出,则此曲必会叫座。

谁说香港没有创意人才? 事在人为,端看如何才有所用。

"无极乐团"恰好提供了一个"实验场",对我这个听惯西乐的乐迷而言,更是耳目一新。

"无极乐团"和香港中乐团不同,它不是大型的职业乐团,而是来自香港草根的业余乐团,因此更值得鼓励。其实西乐也是一样,香港应该有更多的小型室内乐团,如

"城市室内乐团"和新近成立的香港电台弦乐四重奏,我认为这才是不受传统束缚的"创意空间",也是对我等乐迷的挑战。我乐见其成,最好是乐坛百花齐放,和香港剧坛一样,则我等乐迷有福了。

维也纳游记

维也纳是一个文化挂帅的城市，也是推动文化旅游最成功的城市之一。各种内容缤纷的宣传手册，任人索取，还有各种搭乘公共交通工具的优惠卡，招数层出不穷，似乎整个城市都在展销文化，德文 Kultur 这个字无处不在，带给外来的游客一片欣欣向荣的气象。

这已经是我第四次游览维也纳了，第一次在半世纪前的六十年代末，还为此写了一篇长文——《奥国的飘零》，把我感受到的萧疏气氛写了出来，令我感触最深的是当年荣华不在，整个城市都在凋零之中。以后两次重游，都是走马看花，有一次是和友人高信疆专门来看克林姆特的画展，就在他自己领导下的"分离画派"(Secession)金碧辉煌的大厅展出，画展的主题是"梦幻与现实"，印象深刻，但对整个城市的感觉依然如故。还有一次是来讲学，顺便到歌剧院看了一场芭蕾舞,没有旅游。今年暑假第四次重游,却是顺路(目的地是瑞士的琉森音乐节),也带妻子来到这个音乐之都散散心,不料颇有收获。

未抵维也纳之前,曾向一位在山庄避静的奥国朋友请教,四十多年前我见到她时,她正要赴英国深造,对自己的祖国颇为失望,但现在早已归国,已经在维也纳住了十多年。我直截了当地问她:"你觉得今天的维也纳比起四十多年前更差,还是更好?"她答得也很干脆:"绝对好得多了!"然后解释说:"虽然政治方面还是一塌糊涂,但政府终于找到一套既可保存文物,又能促进旅游,还能与本地人民同乐的方法。你们可以先去市政厅广场看露天音乐电影。"

我早已听说过每年暑假在此举行的音乐电影节,但不以为意,觉得这不是现场表演,而是媒体复制品,无啥可观。此次姑且试试看,恰好我们订的酒店就在市政厅(Rathaus)旁边,广场不过数百步之遥,于是傍晚抵达后就立刻前往。只见广场后侧早已人山人海,而且多是年轻男女,说德文的单身女郎也不少,看来不是游客,大家熙熙攘攘,各拿一杯啤酒或红酒,端着菜盘,高谈阔论,笑声此起彼落;又见四周全是小食摊,贩卖各种食物,尤以东方口味——泰国、日本和中国的居多。我和妻子不禁振奋起来，顿觉年轻十倍，也加入他们的阵营，大吃大喝，欣然作乐。我边吃边想：这个气氛还是和兰桂坊不同，因为它不像消费市场中的嘉年华会，而是一个文化消闲空间。背后耸起市政厅古堡，在夕阳余晖的照耀下，更投射出一股古风（这幢大建筑至少也有三四百年）。然而广场四周的街道却是静悄悄，行人稀少，恰与广场中的嬉笑男女群众相对照。我这才悟到，维也纳的都市空间毕竟比香港大得多！况且对我而言，兰桂坊也没有古典音乐可听，而维也纳却是一个一年到头"仙乐飘飘处处闻"的地方，虽然在暑假歌剧季节已完，连上演轻歌剧的老剧院（四十年前我曾在此看过一场《风流寡妇》）也在 8 月初关门了。但为游客而设的各种小型音乐会层出不穷，以演奏莫扎特的小曲和施特劳斯的圆舞曲为主，多在古色古香的宫殿举行，票价甚贵，不值得也不过瘾，反而是广场上的露天音乐电影节价廉物美。

　　这个电影节每晚都有节目，而且免费，我本以为来此观赏的人意在寻欢作乐，交际一番，醉翁之意不在酒，但又发现广场前侧的两千多木椅上也逐渐坐满了人，静等节目开始。维也纳的夏天，白日甚长，要等到晚间九时才

249

夜幕低垂,我们坐着等到八时五十分,只见一位妙龄女郎走上台,用流畅的德、英、意三国语言介绍今晚的节目,最后用英语说:Have a pleasant evening!

歌果然不错,我们那晚过得十分愉快。

这个音乐电影节的节目五花八门:包括歌剧、音乐会和芭蕾舞表演的录影和纪录片,甚至还有瓦格纳歌剧的卡通片,内容并不一味媚俗,而且颇多前卫式的作品。那晚我们看到的就是一部当代波兰作曲家潘德列茨基(K. Penderecki)的近作——《第六交响曲》,又名《耶路撒冷的七道门》,由作曲家亲自指挥,这首清唱剧式的交响曲气势雄伟,描写的是世界末日,音乐配以各种电脑设计的影像,外加舞蹈表演,三者融合在一起,织造出一种独特的效果。我从未听过这首作品,想不到来维也纳的第一天就被它镇住了。这张影碟的幕前幕后的制作人员都是清一色的波兰人,其艺术水准之高,令我佩服不已。当然,我可以买了影碟在家里听,但在广场上数百英尺宽的特大银幕上看——而且音响效果也奇佳——感受毕竟不同。

第二天晚上,我们又回来看了一场,这一次放映的是庆祝维也纳歌剧院战后重建五十周年纪念的纪录片,内容精彩,自不待言。先由总监小泽征尔(他2010年卸任)指

挥贝多芬的《Leonore 序曲》(也就是歌剧 *Fidelio* 的序曲,
维也纳歌剧院在战后开幕上演的第一部歌剧),再由印度
指挥梅塔上台,连同几位巨星演唱莫扎特的歌剧《唐乔望
尼》片段,然后是 Thieleman 指挥的《玫瑰骑士》最后的三
重唱,还有 Gatti 指挥《阿依达》的第三幕。节目安排有点像
大都会歌剧院百年庆典音乐会,但此次参加的歌星也有
不少是最近才走红的新人,当晚印象最深的是唱《阿依
达》的 Violeta Urmana,连一向对歌剧不耐烦的我妻也为
之动容。节目甚长,我们未能等到巨星多明戈上场,就先
离席回酒店休息了。

　　看了银幕上的歌剧表演,第二天自然想去坐落于市
中心的国家歌剧院参观。这座历史悠久的坐标建筑,曾在
二次大战期间被盟军飞机炸掉大半,只保留了前厅入口
部分,重修之后倒真像古迹了。白天随着一群游客入场参
观,只觉这位徐娘已老,不复当年的风华,不禁想到二次大
战后,满目疮痍,不少德、奥音乐大师——如作曲家理查
德·施特劳斯和指挥家 Karl Bhm——目睹此残垣废墟,怆
然泪下,歌剧院的损毁,象征的是一个文化传统的凋零。
如今德、奥两国经济皆已复兴,文化欣欣向荣,但维也纳
的这座地标却成了招揽游客的老古董,然而地位依然崇

高。我在前厅看到今年即将上演的歌剧预告片,包括《卡门》和《曼侬》(Manon,有普奥尼和马斯尼两位作曲家所作不同的版本),大胆之至,竟有床戏镜头,女歌星坦荡裸裎,令我咋舌。这可能也代表了欧洲艺术近年来的一个趋势:自传统的成规中摆脱出来,却以新潮和前卫方式来继承和发扬传统,形式上虽标新立异,但并未随意更改原来经典的内容。我认为这种方式不无值得效法之处。

维也纳有将近一百个美术馆和博物馆(香港大概不到二十个),五花八门,应有尽有。近年才开张的"博物馆区"中就有五家,我和妻子当然要去,看了内中的两个馆:Leopold 美术馆收藏的世纪末画家 Egon Schiele 的作品特别多;他的风格极为深沉,略带神经质,连他的自画像都极富忧郁气质,令患过忧郁症的我妻印象深刻。但另一幢更大的现代美术馆则乏善可陈,内中三四层楼的展览厅,空空荡荡的,似乎好的作品都被私人收藏家买走了(此次发现欧洲各国的私人博物馆不少,而且收藏丰富,Leopold 即是其一,琉森的另一家私人美术馆收藏的毕加索画数量更惊人)。然而整个博物馆区的设计却甚有创意,把几幢旧古堡翻修,织造成一个世外桃源式的人文社区,这恰好印证了我的奥国朋友的话:今日的维也纳,无论是外观或文化内涵都比四十年前好多了。一个城市也需要不时"重新织造"(re-invent)自己，据说最近发明了一种维护药物，喷在旧屋墙上，既可以一新面目，又可以持久，谁说科技只能摧残文化？

不过，维护是一回事，创新又是另一回事。维也纳有关当局保存文化的方式之一似乎是把旧的宫殿变成博物馆，想法不错，但这"旧瓶"中装的是什么"新酒"？在此次三四天的浏览过程中，我还没有看到一幅令我震惊的当代奥国画家的作品。也许自上世纪末之后，绘画的重心早已西移，建筑更是如此，可惜此次因时间所限，未能仔细观察至今仍屹立无损的"世纪末"大师 Otto Wagner 设计的几幢楼。

但那幢著名的"分离画派屋"(the house of secessim)则非去不可，二十年前我曾在此参观克林姆特的重要回顾展，此次重游，却大失所望。原来建此屋（由 Josef Oldrich 设计）的目的不止是为分离画派建立一个"艺术殿堂"，也为所有的艺术爱好者提供一个"避难所"，暂时和倥偬的现代生活隔离，但内中的展览馆却是活动的，非但不保存古董，而且可以随时更换展览品。不料一百年后，这个馆倒真的"活动"起来，原来的世纪末艺术气息荡然无存，仅剩下地下室一个特别展览厅还保存了克林姆特的那幅壁画——《贝多芬横匾》(*Beethoven Frieze*)，其他各厅则用作展览一些不伦不类的当代装置艺术。大门前还挂了一块巨幅布做的宣传海报，颇有故意猥亵的意图，参观者必须从一个半裸体的女人阴部下方进出！我非卫道之士，但看了这张海报实在倒胃口，觉得是对参观者的侮辱，也许这就是所谓后现代的"颠覆艺术"！

妙的是大多数参观者都和我们一样，不理会这些当代怪物，而直奔地下室，只想找到克林姆特的那幅壁画。不错，当年这幢建筑刻有一句名言："时代有其艺术，艺术有其自由。"然而当代的艺术又是什么呢？自由早已变成放任和放肆，还有什么看头？我们乘兴而来，败兴而去。原来克林姆特的画早已不在此处，存到其他博物馆去了。

维也纳文物保存的另一个极端是简约主义——有历史价值的房子躯壳原封不动，内部则空空如也，不加修饰，只不过添上几件纪念品以作点缀，贝多芬故居——他在维也纳最后几年住的一个公寓——就是一例。看来这不是招揽游客的"一级文物"，所以外面只有一个小招牌，寻觅煞费工夫。进门后一片漆黑，我和妻子摸黑爬到三楼，才见到一个做义工的日本籍管理员在卖票。这个公寓只有两三间房,面积不大,空空如也,摆着一架(也许贝多芬弹过的)老钢琴和几件乐谱,令人难以想象这就是创作不断的晚年贝多芬的居所,也许奥国当局故意要展示一份凄凉感吧。据闻所有重要的贝多芬文物都藏在他的出生地波昂。

有了这次经验,我们连城南的舒伯特馆也不想去了。另外还有弗洛伊德的故居,我多年前参观过,记得屋内还保存了一张心理病人"告解"的卧椅。十九世纪末的维也纳人才荟萃,除了上述克林姆特和弗洛伊德之外,还有小说家施尼茨勒(A.Schnitzler),剧作家霍夫曼斯塔尔(H.von Hoffmannsthal)、哲学家维根斯坦(L.Wittgenstein)等人,要找寻这些名人的故居并不容易,只好从缺。倒是当年维也纳音乐界的"太上皇"马勒,非要朝拜不可。偶尔在地铁站看到一个"马勒在维也纳"的展览广告,大喜过望,遂直奔展览的所在地戏剧博物馆,买票入内,门可罗雀,看来多数游客都去游览附近的皇宫看珠宝去了。

2010 年是马勒 (1860—1911) 诞生一百五十周年,2011 年又是他逝世一百周年的冥辰,各地纪念活动甚多。维也纳毕竟和马勒的关系最深,有这个展览并不出奇,各地的纪念活动甚多。我们进得门来,就看到一幅放大的马勒在维也纳街头行走的活动画片,犹如电影镜头,栩栩如生,屋顶又传来一段音乐,我一时搞不清楚,从耳机中的详细介绍才得知是出自他学生时代的作品:《哀悼之歌》(*Das Klagende Lied*),仰头望去,只见环绕屋顶四壁有一个圆形的影视系统,名叫 sonorama,映出一系列的影像,音乐也以"surround sound"的方式传了下来,真是别开生面。还有两个展览厅也各置一套,展现马勒的第五和第九交响曲的序段,令我驻足聆听如入幻境。

维也纳是马勒求学之地,他在此飞黄腾达,担任歌剧院的总监;维也纳也是伤心之地,因为他后来受人排挤,不得不离乡背井到纽约指挥,最后返乡时疲劳过度,得心脏病而死。我边听边想他最后四年(1907—1911)的心情,不胜唏嘘感叹。展出的还有大量图片及实物资料,包括马勒生前穿的衬衫和戴的帽子;他申请免费音乐学院的信;他修改贝多芬《第九号交响曲》(加上四把圆号)的乐谱和说明手稿;他在天主教堂皈依的登记簿(他是犹太人,转信天主教的原因全在事业上的考虑),以及与他经常合作的几位歌手(如 W.Sleazak 和一位与他有染的女歌星)的戏服和录音……真是琳琅满目。唯独有关他和妻子阿尔玛的一段婚姻生活的资料甚少,不知何故。

我们在展览馆流连忘返,足足有两个多钟头,连午餐也顾不得了,后来实在腹饥难熬,只好离去。但走到最后一间展览馆的出口,却发现还有一套视听设备,任人取用。原来是访问十多位当代擅长指挥马勒的指挥家的访问录像和录音,包括巴伦博伊姆(Daniel Barenboim)、布烈兹(Pierre Boulez)、托马斯(Michael Tilson Thomas)、Nagano、Gielen、Salonen、Jansons、Gatti、Zinman 和 Jonathan Nott 等人,每人说一段,于是又不得不驻足聆听,但时不我与,听了几分钟后,只好忍痛离去。我对马勒痴迷到这个地步,连自己也不知何故。

维也纳的三天之游,本来只是为了我们此次到萨尔斯堡和琉森作"音乐朝圣"之旅热身,不料竟然有意外的收获。这个城市的文化古迹实在太多了,特别在"内环大道"(Ringstrasse)区内,幢幢古屋都勾起无限的历史回忆。返港后,我再次翻阅休斯克(Carl Schorske)名著:《世纪末的维也纳》(Fin-de-Siecle Vienna),深深体会到那个时代才是文化的"盛世",它和奥国的政治实力与经济状况无关。